唐人街上的女人们

顾艳·著

天津出版传媒集团
百花文艺出版社

图书在版编目（CIP）数据

唐人街上的女人们 / 顾艳著. -- 天津：百花文艺出版社，2025.1. -- ISBN 978-7-5306-8973-8
Ⅰ. I247.5
中国国家版本馆 CIP 数据核字第 2024VF4438 号

唐人街上的女人们
TANGRENJIE SHANG DE NVREN MEN
顾艳 著

出 版 人：薛印胜	选题策划：汪惠仁
编辑统筹：徐福伟	责任编辑：李　跃
装帧设计：郭亚红	

出版发行：百花文艺出版社
地　址：天津市和平区西康路 35 号　　邮编：300051
电话传真：+86-22-23332651（发行部）
　　　　　+86-22-23332656（总编室）
　　　　　+86-22-23332478（邮购部）
网　址：http://www.baihuawenyi.com
印　刷：山东临沂新华印刷物流集团有限责任公司
开　本：900 毫米×1300 毫米　　1/32
字　数：109 千字
印　张：6.125
版　次：2025 年 1 月第 1 版
印　次：2025 年 1 月第 1 次印刷
定　价：56.00 元

如有印装质量问题，请与山东临沂新华印刷物流集团有限责任公司联系调换
地　址：山东省临沂市高新技术产业开发区新华路 1 号
电　话：(0539)2925886　　邮编：276017
版权所有　　侵权必究

目录

第一章　考入医学院 / 1

第二章　爱的期待 / 22

第三章　做上了见习医生 / 40

第四章　对面窗户里的秘密 / 60

第五章　主刀的机会来了 / 79

第六章　母女之战 / 97

第七章　我会尽力的 / 114

第八章　反目成仇 / 134

第九章　入狱后的生活 / 151

第十章　目光相遇 / 168

尾声 / 186

后记:他乡中的故乡 / 188

第一章　考入医学院

一

米娅住在华盛顿唐人街上的爱华公寓楼里,公寓是三层楼的木结构凹字形房子,住着二十世纪八九十年代过来的中国移民,有广东人、福建人和上海人。米娅家住在二楼,二楼的左邻右舍都是上海人,母亲曾告诉她,住在这里就好比住在上海一样。米娅毫不怀疑母亲的观点,毕竟这公寓像极了上海弄堂里的石库门房子,邻居们的故事她也都记在心里;更何况她还能说一口地道的上海话,写一手漂亮的汉字和书法。这主要得益于她在上海读过五年小学,如今,作为华裔二代,书法是她最拿手的送人礼物。

2009年米娅本科毕业报考医学院,MCAT(医学院入学考试)

的总分达到了32P。她申请了二十多家医学院，接到了四个面试通知，没想到最后是乔治城大学医学院录取了她，并且给她一半的奖学金。这是一件非常了不起的事情。一种熬出头来的喜悦，让她想到了父亲，如果父亲活着该多好啊！

她十三岁那年父亲病逝后，母亲就一直没有再嫁。母女相依为命地生活着，日子虽然过得简单，但精神生活丰富，不乏灿烂的阳光和积极向上的人生态度。在生命的每一处，她们都努力把握机会，终于等到了这一天。米娅在收到乔治城大学医学院录取通知时，从床上雀跃而起，将笼罩她青春期的窗帘，哗啦一声拉开。她看到母亲在楼下侍花弄草，便冲她喊："米鲁，我被乔治城大学医学院录取了。"米娅高兴时，总是叫母亲的名字，以示多年母女成姐妹的关系。

米娅望着窗外楼下的母亲时，发现对面二楼窗户有个混血模样的男人正盯着她看，她慌乱地将目光移开。几缕阳光照在她的脸上，以及耳朵、领口和颈项深处，她看见绿色的藤蔓已经攀缘到窗外，那是前些年自己在围墙下撒的种子。她伸手去触一枝藤蔓，忽然一股柠檬般的气味随风而来。她知道巷口水果铺里的广东佬又进新鲜柠檬了。米娅有时会一口气买上七八个柠檬，不是拿来吃，而是用它来做面膜。据说柠檬特有的枸橼酸和柠檬醋汁，直接敷在脸上可以减淡她脸上的雀斑。她认为自己大眼睛、鹅蛋脸是标准的美人坯子，唯一美中不足的是脸上的点点雀斑。收到录取通知书后，米娅并没有像母亲那样显得异常兴奋，她只高兴了一下，便意识到生活总是宁静无声地流逝着，即使被乔治城大学医学院录取了又怎么样呢？

八月是女孩子穿裙子的季节，米娅喜欢穿一身洁白的衣裙。她收藏好录取通知书后，走出家门的那一瞬，对面窗户里的男人也刚好走下楼来。这不期而遇，让她放弃了买柠檬的想法。她快步走着，一个男人跟在她身后，使她变得慌乱。她走出小巷，来到唐人街上，钻进一家中药铺，才把男人甩开了。说来也奇怪，她从小住在这条小巷子里，却没见过这混血模样的男人，莫非他是新搬来的？他看上去比她大十五六岁，但非常英俊，脸上的线条柔和而有型，目光炯炯有神。

从中药铺出来，米娅在广东佬的水果铺里买了柠檬。广东佬已经认识米娅了，每次米娅买七八个柠檬，广东佬就会免费送她一个，这时米娅仿佛捡了便宜似的，心里总是格外高兴。可这一次，她转过身就看见那个男人了，脸唰地一下通红起来，心里想，这男人怎么像鬼影一样盯上了她？她捧着柠檬快步往前走，直至小跑起来。她跑的时候，白色裙子飘舞着，宛若一朵喇叭花。

"喂，柠檬掉啦！"男人在后面喊。

米娅没有回头，但她跑进公寓楼时男人已经追上了她。男人说："你怕我？"顺手把几个柠檬递给米娅，米娅的心怦怦地跳着，有一种无法抑制的慌乱，但她仍旧说："谁怕你了？"男人望着她，眼睛发出莹亮的光芒。米娅被这光芒震慑住了。这是她第一次感到男人的目光如带电的荧光棒。她接过柠檬就往楼上跑，男人望着她,直至她的背影消逝才回转身。

"你干啥?跑那么快?"母亲见米娅脸通红,一副慌乱的样子问。米娅没有理睬母亲,直接走进了自己的房间。母亲狐疑地跟进来。米娅说:"你看什么?我不就是买了几个柠檬嘛!"母亲这才悻悻地走出去。母亲原先是上海知青,二十世纪八十年代末来美国留学,毕业后在一家文理学院做中文老师,现在退休了,无所事事的她对女儿的控制欲与日俱增。

此刻,米娅来到厨房,一边榨柠檬汁,一边望着窗外。不知为什么,她很想再看见那个混血男人,尤其是那双发亮的眼睛。然而他没有出现,一连几天都没再出现。这让米娅忽然有些想念他,因为在他脸上,她第一次看见了会闪光发亮的眼睛。

米娅进乔治城医学院上学后,每个周末都会回家陪母亲。有时星期一没有课,她就在家待三天。生活是平淡无奇的,米娅默不作声地接受着这一事实。只是母亲变得越来越爱唠叨了,米娅知道母亲大部分精力放在她身上,小部分精力放在陈姨身上。陈姨是母亲的初中同学,无巧不成书,她俩兜兜转转,现在竟然同在一座城市,同住一栋公寓楼里了。

这两个女人每个月都会聚一次,有时两三次,你来我往的,减少了彼此的寂寞。除了五楼的陈姨,还有隔壁的老李也颇让母亲花了一些精力。自从米娅的父亲病逝后,老李就对米娅母亲的私人生活有着持续的窥视兴趣,但在生活上也比较照顾她。家里换个灯泡、修个水管等杂事,找上老李很快就解决问题了。

米娅每天晚饭后都有散步的习惯。学校的环境自然比唐人街好多了。在校园里散步,空旷的草坪上有时空无一人,本来就宁静的黄昏,静谧极了。那天米娅在教学楼前的林荫道上慢慢走着,像走在一条不快不慢的河流里,无声无息。这样的日子,她过得太久了。每次听到校园从黄昏的树林后,悠扬地传来钟声时,她就会觉得一天的日子消失得很无聊,甚至毫无价值可言,这让她有些焦虑,毕竟她并不想混学位,更不想做一天和尚撞一天钟,然而,前进的方向总是那么迷惘。

　　在医学院教学楼底层,有一间大屋子是解剖实验室,平日那里的红漆大门是紧锁的,只有上解剖课才打开。有些胆儿小的女生都不愿到这里来。这里被一些树木遮蔽得阴森森的。米娅在将近半年的解剖课上,无数次看到从那里拿出来被肢解过的人体。它们越来越让她感到一种亲切、一种崇高。她朝解剖实验室走去,发现红漆大门虚掩着。她轻轻地推开门,昏暗的光线下,一股福尔马林的气味扑鼻而来。

　　"谁?"站在陈列局部人体玻璃柜前的一个男人冲米娅喊。米娅没看清他是谁,随口道:"路过这儿,看见门虚掩着呢!"男人朝门口走来,米娅看清楚了他,惊讶地说:"你怎么会在这里?"男人怔怔地站着,也惊讶地说:"我是解剖学的大卫老师,原来你在这里读书?"

　　"嗯,是的。"

　　"还真有缘。"

5

米娅没想到,她家对面窗户里的男人竟会与她以这样的方式、在这样的地点重逢。她有些欣喜,也有些奇怪。怎么进校半年来,从没看见过大卫呢?

解剖实验室西头一隅,有几只雪白的大瓷缸。大瓷缸上面盖有红色的塑料板,塑料板下面,浸泡着米娅他们上课用的标本。那些被福尔马林浸过的尸体全变成了棕红色,人体玻璃柜里浸着的头颅,展示着头颅的整个构造。米娅不害怕,深知解剖实验室是一名医大学生成为优秀医生必须途经的一个空间。

大卫在昏暗的光线下,眼睛依然发出莹亮的光。他朝她微笑着道:"怎么现在不逃跑了?"米娅很窘地说:"不逃跑了。"大卫就让她看陈列局部人体玻璃柜前的标本。那是一个女人的头颅,它浮沉在福尔马林里,张开的嘴仿佛有着轻微的呼吸。

米娅站在大卫身边,思绪回到最初上解剖实验课时的情景。学生们走进这间大屋子,屋内按顺序排列着五六张长桌,每张桌上都有一具尸体,盖着白色被单,每张桌子旁,都站着十个学生,教授神情严肃地说:"请你们把被单掀开。"第一次看到供解剖用的尸体,女同学都有些害怕,有的不断地呕吐,有的甚至晕过去了,米娅却出乎意料地镇静,她极力想象着这个"睡"在桌上的女人,也许生前是贤妻良母,也许喜欢舞蹈和音乐。此刻"沉睡"的她是否在做一个长久而美妙的梦呢?米娅一时下不了手,她看教授用刀切着、割着、挖着,耳畔响着教授的声音:"打开胸膛,检查肋骨、肺、心包、静脉、动脉,还有神经……"

回想起来,仿佛自己在梦里似的。

此时,大卫正和她讲着头颅的整个构造细节,她全没听进去,但一直努力保持着脸上的微笑,装作一副认真听讲的样子。四周是那么安静,生命和死亡在同一个屋子里似乎有一种神秘的气流。

大卫比第一次在小巷子里见到时,更吸引米娅了。米娅偷偷地看了大卫一眼,看到了他脸上充满含义的苍茫神态,像是有许多故事似的,又像是有许多烦恼似的。米娅心里咯噔一下,揣摩男人的心事,之于她还是第一次。她说:"我们通过解剖与死人交流,但我更希望通过解剖创造奇迹。"

"看不出你还很有雄心壮志啊!创造奇迹谈何容易?"大卫不无感慨地说。这时晚自修的铃声"当啷啷"地响起来,回荡在校园上空。米娅如梦初醒,发现她与大卫挨得很近,甚至能闻到他身上的男人气味。米娅一下有点不好意思起来,说:"我要去晚自修了噢!"

"咱们一起走吧!"大卫道。

初冬夜晚的风夹着寒气。米娅穿着玫瑰红方格大衣,依然感觉冷得刺骨,鼻子也冻得通红。教室里传来学生们的喧哗,青春明媚的声音反衬着解剖实验室的鬼魅之气。米娅突然感到有一种暧昧的暗示,浑身颤抖了一下。大卫与她肩并肩地走着,她忽然有些反感,也有些恐惧,身体向一边猛地闪开去。大卫一惊,也随即闪开了身体。她像脸上挨了一巴掌似的,马上就后悔了,心想她也许自作多情了,不就是并肩走一段路吗?于是她又把脚步挪回去了一点,而他也又挨近了她一些。

告别时,大卫耸耸肩膀说:"周末咱们一起回家吧!在解剖实验室门口碰面,不见不散。"大卫这样说,也许是出于对邻居女孩的关照,但对于米娅却像播下了一个火种。恍惚间,她忽然有了年轻女人的激情,兴奋地脱口而出:"好吧!"

米娅坐在自修室里,心却安静不下来。她与坐在旁边的一个波兰女生谈起了大卫,正巧这女生是大卫的学生。她絮絮叨叨地告诉米娅,大卫是中美混血儿,而大卫自己也像他父亲那样娶了一个华裔妻子。米娅想,怎么在公寓楼里没看见过大卫的妻子呢,难道他们分居了?再一想,大卫莹亮的目光下,的确有中年男人少见的浮肿,不过这并不影响他的英俊帅气。他肯定受女生的欢迎,或许有不少女学生会对他撒娇呢。米娅想着想着,忽然有一种感觉,就像山花烂漫那样,青春的心由此而洞开。

二

从那天傍晚后,大卫好像是米娅心里一盏突然亮起的灯。米娅每天都盼望见到他,盼望周末快快到来。她曾经梦想过自己与热恋的男人,该是牵着手走在有法国梧桐树的街头,对她来说,那是一件多么甜蜜而浪漫的事。那时她梦想的男人是一个高鼻子、蓝眼睛的白人,而且起码比她大十多岁,懂得呵护她、疼爱她,这样的奇迹仿佛就要出现了。

进乔治城医学院后,男女同学恋爱的不少,但在心灵深处,她看不起同龄男生的骄傲和自以为是,她仿佛生来就期待与有阅历的成熟男人相恋,尤其是外科医生。他们有着勇敢中的细微、沧桑中的宁静、刚烈中的温柔,所谓侠骨柔肠吧!

那些天,米娅沉浸在含混不清的幻想中,那种幻想闪烁着光辉,让她的内心拥有激情和期盼。某日,米娅从系主任办公室出来,沿着长长的楼道,望向一扇扇洞开的办公室门,最终在楼道的尽头看到了大卫。大卫侧身坐在办公桌前,右手托腮望着窗外,仿佛在思索什么,又仿佛在期盼着什么。米娅轻轻经过门口时,映入她眼帘的是他托腮的手背和五指。他的手背和五指毛孔很粗,有长长的汗毛,但看上去倒还灵动敏感;而他有点儿自来卷的黑发中,星星点点地掺入了一些白发。也许是遗传,也许是操劳和哀伤所致吧,看着那些许白发,米娅的内心莫名其妙地充满对大卫的怜悯。她正犹豫着要不要进去,大卫倏地转过身来,仿佛有某种感应似的,望着她惊喜地说:"你怎么来这里了?"

"我不能来吗?"米娅问。

"欢迎欢迎,进来吧!"

大卫的写字台上堆着乱七八糟的报纸杂志,一杯咖啡已喝得底朝天。他用那双温柔而莹亮的眼睛盯着她看,让她内心为之一颤,忽然有了恋爱的感觉,而此时大卫说:"你多么像我初恋的女朋友,尤其是眼睛。"

米娅听大卫这样说,几乎断定大卫不喜欢他的妻子。他的妻子也许已经逼得他无路可走,他只等她的爱情去拯救了。这让米娅心里窃喜,但她依旧低着头不说话。这时隔壁办公室的老师来了,似乎有什么事儿。米娅像只受惊的小鹿那样逃离了。一会儿,大卫蓦地追到楼道口,对她轻声道:"周末下午五点半,在解剖实验室门口碰面,别忘了。"米娅高兴地点点头。

走出教师办公楼,上课的铃声就响了。米娅这堂是体育课,老师安排女生在练功房跳健美操。女生们身着黑色紧身裤和黑色T恤,个个儿青春洋溢。随着音乐的节奏,米娅的动作一板一眼都做得很到位。也许她心里有了大卫,健美操便跳得宛如飞翔的鸟,轻盈自如。

练功房的大门正对着大卫办公室的窗户,沉浸在恋爱感觉中的米娅渴望此刻的大卫正透过窗子,看她非凡美好的青春形体。然而,在练功房门口看她们跳健美操的,只是几个青涩的男生和一个做勤杂工的中年妇女。米娅想,大卫妻子的年龄也许就与这个中年妇女差不多吧?她顿时产生一种优越感,却没想过日后有一天自己也会成为中年妇女。她的美好青春岁月仿佛马上就要打开神奇的大门,那些从前的寂寞日子,也仿佛马上就要戛然而止了。

体育课结束后,米娅回到学生寝室。明天就是周末,她要先整理出带回家的东西,装入一只拉杆箱里,譬如:吃光了菜的空玻璃瓶、换下来的脏衣服等。母亲嫌洗衣机洗不干净,烘衣服又把好好的衣服烘得缩小了,心甘情愿地手洗。手洗衣服是中国人的传统习惯,母亲几十年如一日,难道就不会享受高科技吗?米娅不明白,但为了顺从母亲,她索性把每周的脏衣服都带回家。

整理完东西后,米娅在微波炉里热一下汉堡,吃得有滋有味,接着便开始静下心来看书。每天晚上米娅睡得也不算晚,但早上总是起不来,尤其冬天,三人间的学生寝室,总能看见睡眼惺忪的同学,打着哈欠出来刷牙洗脸,这时候的女生是最本色的了。到了夏天,女生们都喜欢穿着背心短裤到盥洗室梳洗,每个女生都是一道亮丽的风景。米娅非常羡慕那个乳房丰满的女生,她曾买过丰乳霜涂抹,可自己的双乳就是丰满不起来,这让她沮丧。

周末下午上完课正好五点,米娅回寝室拿了拉杆箱,走在学校的林荫道上。走出林荫道,她拐一个弯朝解剖实验室走去。她想象林荫道是一条河,而她和大卫就是要在河里会合的两片树叶。她有些紧张,这到底算不算约会呢?她不知道。

解剖实验室的门紧锁着,米娅就站在门口等。冬天昼短夜长,眨眼天就黑下来了。米娅的眼睛直直地望着前方,每个男人远远走来,她都伸长脖子,终于,她盼来了大卫。大卫开着一辆白色宝马车,在她面前倏地停了下来,吓了她一跳。

随即大卫从车窗里探出头来说:"来迟了,咱们一起吃饭吧!"米娅愣了一下,欣喜地点点头。

米娅坐上大卫的车,只开了五六分钟,就来到乔治城M街上的一家大酒店。在车库里停好车,他们穿过富丽堂皇的酒店大堂,步入隐藏在饭店纵深处的露天花园。一墙之隔便可以隔开喧闹,这里幽静得犹如脱离尘世的一方绿岛,绿树婆娑中,霓虹灯闪烁着,花丛里有音乐伴着喷泉,树下有餐桌和木椅。尽管是冬天,在这样的氛围下,却也不觉得冷。他们找了一个角落坐下,服务生拿着菜单过来。大卫点了几道菜后,还点了两份火烧冰激凌。米娅想,大卫真是揣摩女孩子心理的高手!

一会儿,服务生像杂技表演那样,手托多个托盘而至。银盏中,雪白的冰激凌上燃着蔚蓝的火焰;火焰熄灭后,冰激凌吃起来冰凉爽口。米娅觉得火烧冰激凌就像让你迷惑、让你兴奋、让你茫然、让你欣喜的创意清凉剂。

大卫和米娅一边吃火烧冰激凌,一边含情脉脉地坐着不说话。后来大卫终于找到一个话题,说:"快期末考了,你很用功吧?"米娅说:"马马虎虎。"大卫轻柔地说:"你一定会考好的,你是一个聪明的女孩子。"大卫这样说时,目光炯炯有神,就像他第一次在小巷子里遇见米娅那样,没有忧伤只有欣喜。

米娅沉浸在甜蜜的快乐中,完全忘记了母亲正在家里焦急地等她。她在霓虹灯闪烁的光影下,望着大卫莹亮的眼睛,满面春风地微笑着,忽然脱口而出道:"你都好吗?"话一出口,她便觉得自己有点唐突,不免倏地脸红了起来。大卫在椅子上拧动了一下,反问道:"谁能都好呢?"米娅红着脸说:"我的意思是你幸福吗？"大卫说："'幸福'这个词对中年男人来说太奢侈了,你们小女孩倒是应该多一些幸福。"

"多一些幸福？我从来没感到过幸福。什么是幸福呢？"米娅有些激动,转而又有些悲伤。大卫说："这么小就没有幸福感？你与我同病相怜。"大卫的目光忽然暗淡下去,但仍然很温柔地望着她,仿佛有千言万语似的,脸上的肌肉抽搐了一下,好像要冲破什么枷锁："我喜欢你这样的女孩子！"

米娅被这话惊讶着、感动着,一股热血涌上心头。她想,大卫是个可怜的男人,一定受了他那个母夜叉妻子不少苦吧？她注视着他的眼睛,想象他的眼睛在年轻时,也许更加明亮锐利。那长圆而有力的眼眶虽然有些浮肿,但仍然留着浪漫故事的痕迹。米娅想,爱一个人也许是幸福,也许是痛苦。

吃完晚饭,已经是晚上八点多了,走出大酒店,大卫朝着唐人街开去。快到爱华公寓的小巷子口时,他忽然绕道而行,拐进了一条长长的小路。路灯像鬼火一样,隔很长一段路才有一盏昏黄暗淡的灯。拐弯时,在黑暗盖过来的同时,大卫突然紧紧地拥抱住她,并用嘴唇轻轻地摩挲着她的双颊,而她像一只娇弱的、失去翅膀的鸟,感受着他嘴唇的温热。她闭着眼睛,他的嘴唇已经落到了她的嘴唇上,这一刻,她完全被一股浓浓的男人气味包围了。

在电影和电视上,米娅曾看过无数次心醉神迷的接吻镜头,但她从来没有过这样的机会和经验,所以米娅并不知道怎么接吻，她的舌头一动不动，由着大卫的舌头在她的口腔里翻江倒海。不过这一刻，她的内心有一份感动和激情，这两种感觉合在一起，喷薄而出的欲火，大概就是爱情吧？

米娅深深体会着在她口腔中那绞动着的温热灵活的舌头。她一点儿没感到脏，只是等他的舌头出来后，将嘴唇上的唾沫擦在了他的肩膀上。这时她才想到无数异体的细菌，也许已在她的口腔里飞快滋长。她回去必须用漱口水彻底清洗清洗口腔。

小路非常安静，拐过弯，开进爱华公寓楼时，他们又拥抱在一起了。这回大卫突然像父亲那样吻她的额头，彬彬有礼地与她道别，很有绅士派头。米娅心里想，这是一个多么有情调、有文化、有魅力的男人啊！

三

米娅刚上二楼，隔壁老李听见她的脚步声，从房间里出来说："你去哪里了？你妈妈到处找你，她出事了呢！"隔壁老李的话听得米娅面色苍白，心"咚咚"地跳得厉害。她紧张又焦急地说："我妈她出什么事了，她在哪里？"隔壁老李说："她摔跤了，左手摔骨折了，绷着绷带在屋里头呢！"米娅着急地打开房门，看见母亲左手臂被纱布绑着，绷带吊在脖子上，正坐在马桶上解手。

"妈，你怎么了？"米娅说。

"你到哪里去了？这么晚才回家。"母亲恼火地说。

"我在学校晚自修。"米娅一边撒谎,一边去扶母亲。母亲忽然一甩右手道:"你走开。"母亲似乎不相信女儿的话。她说:"你老实说,你在干啥?"米娅道:"我不是说了我在晚自修吗?"母亲说:"你还要撒谎,我都去过学校了。"米娅道:"你简直就是个控制狂,我不是你的私有财产。"

母亲最忌讳米娅撒谎,现在居然还目无尊长地说自己是控制狂。母亲又气又恼,忽然愤怒地甩过去一巴掌。米娅被这突如其来的一击激怒了,原本有些愧疚的她,一下变得歇斯底里起来。她一边哭,一边用左手捂住被母亲打疼的脸,用右手去扯母亲的头发。母亲虽然左手吊着绷带,右手却力气不小。母女俩扭打成一团。母亲终被米娅猛地一推,倒在地上。

母亲哭了。

"你个没良心的东西,我一把屎一把尿地把你养大,你就这么对我?"

"你老是说这样的话,我已经厌烦透了。"米娅说着,摔门而出。

母亲见米娅出去,又见自己左手的绷带被她扯掉了,坐在地上哭得很伤心。这时隔壁老李正在门缝里偷窥,嘴里嘀咕道:"作孽、作孽啊!"但他不敢轻易敲门,每次她们母女吵架,他都会偷窥或窃听,却从不插手。他就像黑夜里站在门口的幽灵一样,眨着一双泛绿的眼睛。

哭了一会儿,母亲起来重新把左手的绷带吊到脖子上,此时她感到伤口隐隐作痛。她推开窗望着窗外漆黑的夜，心里想，这女儿真是被她宠坏了，丈夫死得早，自己含辛茹苦抚养女儿，竟落到这样的地步，不免一阵心酸。她嘀咕着骂米娅道："小娘货。"但马上又为米娅的出走焦急起来。她冲下楼去，在街口的广东佬水果铺里找到了正在打电话的米娅。她对米娅说："回去吧！刚才是我不好。"

每次母女吵架，总是母亲认输才和好。母亲把米娅劝回家，已经是深夜了。母女俩各自回自己的房间睡觉。米娅钻进被窝，一会儿就呼呼地睡着了。母亲躺下后，隐隐约约听到从她体内传出来的"剁！剁！剁"的声音，那是她死去的丈夫米道梁在案板上剁肉的声音。米道梁活着时，唯一的嗜好就是在案板上剁猪肉。母亲每次与女儿吵架，这死鬼丈夫的"剁剁"声，就会跑出来纠缠她，仿佛要把她的心也剁碎似的。母亲心里有些发慌，陷入乱麻一团的烦恼中，一夜没睡着，第二天一早起来，眼圈都黑了。

米娅很后悔与母亲吵架，虽然她嘴上不肯认错，但却变得勤快了，一大早起来煎荷包蛋。而母亲呢，左手绷着绷带去家附近的农贸市场买菜了。这个农贸市场每周只开一天，都是郊区农民来摆的摊位，卖自家种的蔬菜、水果、蓝莓酱、草莓酱等。母亲知道米娅喜欢吃蓝莓酱，特地拿着大袋子多买了几罐回去，顺便也买了四季豆、西红柿等。正准备回家时，她看到了一个摊位有卖杀白的鸭子，就过去买了一只鸭子，心里想着冰箱里还有一块火腿，回去炖个火腿老鸭煲吧！

快到家时，下起雨来，路上步行的人都在躲雨，却有一个人站在雨里。母亲定睛一看，那人正是隔壁老李。老李在公寓楼前的空地上打太极拳，全身都淋湿了，但他神情专注，母亲也懒得理他。

母亲上楼后，一进门就把手上的东西放到水池里，然后用毛巾擦擦头发，又给自己泡了一杯热茶。她一边喝茶，一边向窗外望去，看见老李还在雨里打太极拳，心想，他一定是有什么怨气，要在雨中宣泄吧。

米娅从洗手间里出来，朝对面大卫家的窗户张望着。他家的窗户总是关得紧紧的，窗框上还积满了灰尘，仿佛多年没人住的屋子似的。米娅想，大卫家的女人一定是个懒婆娘。米娅转过身，看见母亲左手吊着绷带在厨房里忙，就想过去帮忙，可是还没等她进厨房，就听见母亲说："做功课去吧，这里的事你帮不上忙。"母亲总是这样既不让她干家务，又唠叨她不干，或者说她干不好。

从米娅懂事起，总看见父母在昏暗的灯光下忙。父亲去世后，母亲就更忙了。家里两室一厅的房子，厨房面积不大，微波炉上的排风扇不通户外，油锅一起，吹来吹去的油烟都在家里飘。因此，厨房的墙上积着一层厚厚的黑黄色油污，节能灯上也附着油乎乎的灰尘，只有厨房的窗台是干净的，上面摆着几盆植物。

父亲在世时，他们在爱华公寓住的还只是一个 studio，就是

17

一个大统间。她晚上睡长沙发,白天把铺盖卷起来,放到父母的大床上。有时半夜醒来,她能听到大床摇晃的声音,还能听到父母轻轻聊天的声音,但她总是很快又睡着了。父亲去世前那年,他们才从爱华公寓三楼的大统间换到二楼的两室一厅。住房条件改善了,父亲却一病不起,没多久便去世了。父亲留给她最深的记忆,就是那张会摇晃的大床。

这两天母亲左手吊着绷带,米娅很想帮母亲做些什么,然而却不知如何着手;好在母亲仅用右手都能把饭菜做得色香味俱全。母亲在美国也很多年了,但还是吃不惯西餐,在家里一直过着上海人的小日子,一切还是从前在上海时的习惯,连米娅这个华裔二代也必须这样。如果米娅在家里说一句英语,母亲就会指责她说:"你是中国人,不准在家里说英语。"母亲不仅让米娅说普通话、上海话,还让她从小用中文写作文,阅读中文书籍。在母亲看来,米娅能考上医学院,全靠她的中文帮了忙。母亲的说法似乎也有道理,的确,在美国,一个有多项技能的考生,被录取的机会会多一些。

母亲正忙来忙去,发现护发素没有了,就差米娅到唐人街上的小店里先买一瓶小的,得空了去 Costco 超市再买大瓶套装。母亲吩咐了,米娅自然没有不去的道理;再说出去透透气,也可以暂时逃离母亲的视线,何乐而不为呢?说真的,若不是母亲的手摔伤了,她早就回学校去了。

米娅穿着黑呢外衣、米色西裤和黑色靴子,走在冬天黄昏的小路上觉得阴森森、冷飕飕的。在小巷子拐弯处,她想起那天与大卫在这里偷偷摸摸接吻,心里便升腾起一股暖流。前边有一家福建人开的日用品小店,商店旁是一栋老式百年小楼,米黄色的墙已经看不出颜色了;但那个红瓦尖顶上的窗户里住着她的同学爱玛。她们从初中到高中都在同一所学校,现在两个人又进了同一所医学院,只不过爱玛在妇产科学,她在脑外科学。

爱玛家窗户上方有一根长方形的烟囱,那是接他们家壁炉用的。烟囱上停着两只酱色的鸽子,在暮色里相亲相爱地亲嘴。米娅看到鸽子就想到大卫,不过她还是很快进到店里,买了一瓶护发素就往回走。母亲常对她说,只要心里装着故乡上海,走在唐人街上与走在南京路上,其实都是一样的。母亲有着根深蒂固的上海情结,她常说上海人以文明人自居,以有道德者自居,跑到哪里都能打拼出一方天地。

晚餐后,米娅去厨房洗碗。陈姨和她丈夫来家里搓麻将时,惊讶地望着母亲绑着绷带的左手问:"怎么受伤了?"母亲说:"不小心摔了一跤。"陈姨说:"年龄大了要格外小心,千万不能再摔跤了。"母亲说:"嗯,再摔下去,我这把老骨头就没命了。"母亲说完,哈哈笑起来。米娅发现母亲只要与陈姨在一起就放松而开心,家里的气氛也会活跃起来。

每次搓麻将三缺一,他们总是叫上隔壁老李,或者老李的妻子张岚。今晚母亲见张岚在家就叫上了她。三个女人一台戏,陈姨丈夫只能默不作声了。麻将桌上铺着雪白的桌布,那是母亲专门买来搓麻将用的。洗牌的时候,母亲只用右手。女人的手上总少不了戒指,金的银的,在夜晚的灯光下交错,闪闪发亮。米娅从厨房洗好碗出来,他们已经打完一圈麻将。陈姨说:"米娅,你母亲运气不错,赢了十元钱。"米娅微微一笑,没有说话。

米娅也会打麻将,但她从不和他们一起打牌。她有礼貌地站在一边看了一会儿,尤其看三个中年女人的手。她们的手虽不同,但都泄露了岁月的痕迹。母亲的手虽然粗糙,却是一种有深度的粗糙。陈姨是纤纤瘦手,肤质苍白,细细的筋络在薄薄的皮肤下随手势而滑动,有这样手的女人敏感、聪明又常常绝望。而张岚胖乎乎、软绵绵、手指根部有可爱小肉窝的手,显露出这是一个养尊处优的女人,这样的女人生活上没有太重的负荷,精神上却难免空虚和无聊。

米娅准备出发回学校去。

走前,母亲再三关照她要吃早饭,不能饥一顿饱一顿。米娅"哦哦"地应着,逃跑似的离开了家。学校与家的距离不远,走过去也就半个来小时,既有地铁站又有公交站,不过坐公交车直达校门口更方便些。米娅走到车站,一辆公交车正好到达。车上乘客不多,一个黑人小女孩旁若无人地又唱又跳,大家为她鼓掌,她却拿着罐子来讨钱了。米娅从口袋里摸出两个五毛的硬币给她,她也不嫌少,高高兴兴地鞠躬致谢,反倒让米娅不好意思起来。

回到学校,月光明晃晃地流淌在校园里。透过大钟后面的树木,能看见一对对谈恋爱的学生。米娅寝室里的其他两个女生都有男朋友,尤其那个叫麦琪的女孩,男朋友在意大利,经常有越洋电话来。有时米娅听麦琪对着电话发嗲,直起鸡皮疙瘩。现在隔着操场,她远远能看见自己寝室的灯亮着,也许麦琪又在和他的意大利男朋友通电话了。夜晚的树木渗出清新的凉气,米娅放慢脚步,陷入对大卫的思念之中。

第二章 爱的期待

一

星期一又开始了,这周而复始的日子,除了上课背课文,在米娅心里还有了朦胧的爱情。她渴望看到大卫,心里仿佛有一团熊熊燃烧的火焰。终于在午后,大卫高大英俊的身影出现了。他穿着一套黑色西装,系着一条玫瑰红的领带,仿佛刚出席什么重要学术会议回来。经过学生寝室楼时,他放慢步子仰头望着那些窗户,好像是在寻找米娅寝室的窗户。米娅突然很兴奋也很安慰,她想,大卫果然没有忘记她。

大卫一步步朝教师办公大楼走去,米娅拿着复印好的资料,向大卫飞奔而去。大卫听到喊声停住脚,转过身看到树影婆娑中的米娅,眼睛里流露出惊喜和温柔。午后的阳光是那么地温暖,米娅紧张得额头直冒汗,但她还是勇敢地说:"我想你!"只是这声音很轻,不过大卫还是听见了。

"我也想你!"大卫的眼睛突然像发电一样望着米娅。米娅心里有了些把握,大着胆儿嘟哝道:"我爱你!"这话一经说出,就像音乐一样缥缈回荡在空中。米娅面颊绯红,每一根细小的血管都亢奋起来,热血奔涌。大卫笑笑说:"我也爱你。我先回办公室,回头再与你联系。"说着他转身大踏步走去。

米娅的眼睛湿润了,泪眼蒙眬地望着大卫的背影,直到大卫消失在她的视线里。夜晚轻风荡漾,回寝室的路上,她突然有一种焕然一新的感觉,仿佛一颗空荡已久的心有了依附和着落。

学校已进入期末复习考试,米娅这学期的选课很多,最需要记忆的是解剖和西班牙文,几乎都要背,譬如:皮肤、肌肉、骨骼和神经系统,呼吸系统和血液循环系统,消化系统和泌尿系统,还有生殖系统。当然比起背西班牙语单词,背诵人体结构还比较有趣味些。米娅最拿手的就是背书,通常读上两三遍就能背出来,有时还能过目不忘。

人真是个奇妙的东西。

自从上了解剖课,米娅常常惊异于人体内部结构的精致和完美。她想,上帝怎么会创造出人来呢?人体为什么要由二百零六块骨头组成?当然这样的追问是没有结果的。米娅中午从来不午睡,她用口诀的形式背诵道:"头部包括脑颅骨,共计二九有定位。胸椎十二颈椎七,腰椎五块成方形……"同屋的麦琪午睡醒来后,她已经把二百零六块骨头背出来了。

接下来的几天,米娅经常能在学校里看见大卫。无论食堂、操场、教室,抑或是那个解剖实验室,他们的目光隔着众多同学的身影,频频对望。这种对望虽然有些飞扬凄切,却是勾魂而快乐的。米娅盼望周末与大卫一起回家,一起走在回家的小路上,大卫让她有一种亲人般的感觉。

都说恋爱的女孩会越来越漂亮,米娅自从与大卫恋爱后,仿佛世界一下变得无比美好。她像一只欢快的小鸟,早上在盥洗室的水池前,会一边洗脸一边对着镜子微笑;晚上在洗手间里解手,也会放声高歌。那天黄昏,米娅与大卫在校门口不期而遇。大卫因为自己的宝马车在汽车修理店保养,正要坐公交车回家,米娅便欣喜地送他到车站。一路上,大卫很温柔地对她说:"明天中午你来我办公室吧,周末咱们一起回家。"米娅点点头,大卫便去拉她的手,与她手拉手走着。他的手掌好像是一只暖炉,又好像是一把钳子,钳得米娅每一个指关节都吱吱嘎嘎地响,但米娅完全被这吱吱嘎嘎的声音陶醉了。

公交车倏然而至时,大卫才松开了他的大手。米娅望着他上车的背影,看见他的头发上浮着不少头屑,感到浑身痒痒的,可她仍然向他挥手道别。她回转身走在林荫道上时,忽然有钟声缓缓飘来,仿佛提醒她明天一早考试。为了得到大卫的赞美,米娅想把每一门课的成绩都考得理想些,因此每晚她都复习到凌晨一两点钟,深更半夜做夜宵时,还会弄出乒乒乓乓的声音,让她同屋的麦琪颇有意见；但米娅我行我素，没把麦琪放在眼里。麦琪是温州人，本科时来美国留学；她的父母都在温州做生意，赚了大钱。温州人虽有钱，但在米娅眼里铜臭味太浓就显得俗气了。

上午西班牙语考试，米娅考得很顺利，试题在她笔尖下唰唰划过。腊月里的华盛顿哥伦比亚特区格外寒冷，她第一个走出考场，到食堂吃早中饭，然后回寝室精心打扮自己。化过淡妆后，她穿上黑色毛衣、黑色长大衣和黑色紧身裤，脚蹬黑色长筒靴子，从头到脚一身黑色。她对着贴在寝室门背后的长镜子左顾右盼，发现自己像个幽灵。

米娅打扮完，就等会面的那一刻了。十二点整，她准时敲响了大卫办公室的门。大卫站在门里边，面色慌张地朝走廊上看了看。米娅进去后，他发现没有别的人看见，便将办公室门关上并反锁了。这时窗帘把办公室罩得黑黑的，像夜晚一样。米娅忽然意识到什么，心里怦怦直跳。黑暗包裹着她，而他紧紧地拥抱住她，将头伏在她的肩上。米娅感到他身体的重量，全倚在她身上了。她瘦瘦的、娇弱的身子顿时变得相当有力。这样默默地过了几分钟，他抬起头来，她看到他的眼睛闪闪发光。

大卫扒掉了米娅的大衣，俯下身对她说："你是我的小天使。"他故意将"我的"二字加重语气，然后说："这个周末我们一起回家。"顿了顿，他又说："到我家去坐坐。"米娅没有吭声，她突然感到了某种暗示。她想，他那母夜叉妻子出差去了吗？

米娅把自己的衣服和头发整理好后，大卫拉开窗帘，打开办公室的门,一副正人君子的样子坐在办公桌前,说:"小鸟刚飞时是朦胧的,需要引导。"米娅"哦"了一声,觉得自己该离开办公室了,便不慌不忙地向门外的长廊走去。

"你是我的小天使"这话让米娅感到极大的安慰。她怀着这样的安慰,心里特别安宁。整个下午,她都在复习解剖学的功课。她将泌尿系统和生殖系统的构造背得滚瓜烂熟,但想到大卫的邀请便联想到了床,顿时满面羞红起来。

考完解剖学正好是周末,中午米娅在食堂里遇到大卫,大卫悄悄告诉她,晚上七点在小巷拐角处等。米娅想,不是说好晚上一起回家,怎么就失约了呢?她失望地点点头。她喜欢与心爱的人手拉手在街头漫步,那是一种非常浪漫的感觉。然而米娅想起母亲受伤的左手,午饭后便坐汽车回家了。一踏进公寓楼,她便听见从某个窗户里传出来周旋唱的《四季歌》:"冬季到来雪茫茫,寒衣做好送情郎。"这是一首母亲常常唱的、老掉牙的中国老歌,可此刻她听起来格外动情。

母亲不在家,米娅想,母亲也许去陈姨家了,或是去唐人街逛了。米娅打开窗,对面就是大卫的家。她想,晚上七点后,就可以坐在他家里了。他家里都有些什么呢?米娅胡思乱想着,忽然一股鱼香味从窗口飘来,弥漫在屋子里。这是一股闻起来特别浓郁的香味,一定是隔壁老李在炸熏鱼了。

隔壁老李喜欢吃熏鱼,通常一两片熏鱼就能喝下一大瓶黄酒。可以说,米娅是伴着鱼香味长大的。小时候只要米娅走到李伯伯身边，就能得到两块熏鱼。米娅想到李伯伯对她的好，便打开门走了出去。

楼道里，隔壁老李家的大门敞开着，一股油烟味扑鼻而来。老李围着围裙出来倒垃圾，看见米娅道："你今天回来早？来，进来看我钓的鱼，六条鲫鱼，两条鲳鱼。"

隔壁老李掩不住丰收的喜悦，米娅说："李伯伯，运气不错嘛！这鱼被你做得香死了。"隔壁老李说："吃一块吧？"米娅就从碗里抓一块，往嘴里塞。隔壁老李从前在邮局上班，前两年办了退休，过上了闲散的日子。打太极拳和钓鱼是他数十年来的两大嗜好。隔壁老李说："我看着你长大，你从小就喜欢吃我炸的熏鱼。"米娅说："是啊，因为吃了李伯伯的熏鱼，我才这么聪明。"隔壁老李呵呵地笑起来，又递给米娅一块熏鱼。

米娅嚼着熏鱼准备回自己家时，母亲提着大包小包回来了。米娅很惊讶，母亲骨折的手怎么不吊绷带，还拎着重物。而母亲见她回家来了，满脸喜悦，从包里取出一包糖炒栗子道："吃吧！"米娅说："妈，你骨折的手，不能把绷带拆了。"母亲说："谁和你说我骨折了？我不过擦伤了点皮。"

米娅"啊"一声，朝隔壁老李挤挤眼。

二

晚饭后，米娅对母亲说："我晚上要去爱玛家。"母亲说："你们在学校里见得还不够吗？"米娅说："我们两个系，平时根本看不见。"母亲说："哦，爱玛很久没来我们家了，什么时候让她来我们家坐坐。"米娅说："读医学院忙着呢！"母亲想想也是，不吭声了。

米娅从没有与母亲提起她家对面窗子里的那个男人，就是医学院的大卫老师。米娅不想说，是想保守她恋爱的秘密。米娅看看手机上的时钟，已到晚上六点一刻。她赶紧去卫生间洗脸刷牙，对镜化妆，然后在耳后根抹点香水。她没再穿一身黑色，而是选择了大红毛衣和玫瑰红呢大衣，裤子是黑色西裤，脚蹬一双低跟黑色皮鞋。由于穿着红色上衣，加上双颊抹了点腮红，她看上去整个人喜气洋洋的。米娅对镜莞尔一笑，想起亚当和夏娃的故事。

七点整，米娅准时到了小巷子拐角处，稍等了几分钟，大卫披着黑呢大衣，风度翩翩地朝米娅走来。米娅轻轻唤了一声："大卫。"大卫小声说："跟我走。"米娅就跟着大卫来到爱华公寓楼的西边，然后走上楼梯来到二楼。二楼窄窄的木楼梯发出"吱嘎吱嘎"的响声。西边的二楼有四扇木门，住着四户人家。大卫打开家门，扭亮灯。米娅发现屋子大约四百多英尺，卧室、客厅、厨房、卫生间都在一起，也就是从前米娅家住过的 studio 格局。

一进屋，大卫就将木门反锁上了。大卫让米娅换上棉绒的拖鞋，那是他妻子的拖鞋。米娅换上拖鞋，心想，那女人一定不知道丈夫会带女孩回家吧！屋里的音响流淌着音乐，那是一支李斯特的《爱之梦》。音乐如情人般的絮语,柔情万般地流泻着,听起来浪漫缠绵,让米娅进入了一种氛围。米娅脱掉大衣,坐在床边堆满书的长沙发上。大卫给她递过来一杯咖啡,又给她剥了一根香蕉,然后很温柔地问:"考完了吗?"米娅说:"还有最后一门课要考呢!"大卫道:"没问题吧?"米娅说:"当然。"

屋子里只点着一盏落地灯,昏黄的灯光下,米娅感觉大卫的背好像有些微驼,不像平时在公众场合那么挺拔。他俯下身来时,她一眼就看见了他的头皮屑。她浑身一阵发麻,但没有推开他,他便拥着她与她接吻,她就闭上了眼睛。后来大卫把米娅搂在怀里,赞美她的大红毛衣漂亮。米娅说:"那是我自己织的呢!"大卫道:"没想到现在的女孩子还会编织,你的手艺不凡啊!"米娅被大卫赞美得乐陶陶。她躺在大卫怀里,闻着男人的气味,感到有一股醉人的晕眩。

爱,就像长满嫩绿的期待。

仿佛睡了很久,大卫睁开眼睛说:"你是我的小天使。"米娅问:"是吗?"米娅满脸羞红,脸上荡漾着幸福。大卫又给她倒了一杯热腾腾的咖啡,但她知道母亲在家里等着,不能太晚回家,便起身告辞了。在门边,他们又热烈地接了吻,才将门轻轻地打开。米娅几乎是踮着脚跟走下楼梯,走出大卫家的单元门,走到了爱华公寓楼的东边。上楼时,她整理了一下有些凌乱的头发,才不显得慌张。

米娅回到家,母亲正在被窝里看电视,见她回来道:"我在电饭煲里煮了红枣,你去吃一碗吧!"米娅说:"哦,知道了。"米娅觉得不能表现出异样,不能让母亲知道,要尽量顺着母亲。于是,米娅坐在母亲身边,一边看电视,一边吃红枣。

这天夜里,米娅翻来覆去睡不着。她在想,自己偷吃了禁果,已经不是处女了。她小时候,公寓楼里一个女孩溺水而死,母亲说,人还没做就死了多可惜。米娅现在明白母亲所说的"人还没做",就是指女孩子还没有性生活的意思。凌晨两点了,米娅还没有睡着。她想,到底是大卫诱骗她,还是她勾引大卫?她当真从一个女孩前进了一步,成为一个在恋爱中的女人了吗?她的目光在暗夜里越过腐朽的窗帘,越过母亲给予她的成长规则,越过青春的障碍,越过恐惧,抵达了彼岸。

第二天一早起来,米娅回学校寝室洗澡。她要把自己的身体清洗一下,把大卫留在她身上的气味清洗干净。米娅在卫生间门口解衣扣时遇上了麦琪。麦琪刚洗完,披着湿漉漉的长发说:"这么巧,你也早上洗澡?你们考完了吗?"米娅说:"还有一门,周一考完就放假了。"麦琪说:"我们已经考完了。"说着她转身进了自己的卧室。

米娅进了湿漉漉的洗澡间,雾气还在弥漫。她迫不及待地脱下自己的内衣内裤,打开水龙头,热水就滚滚地从头上淋下来,米娅在身上抹了沐浴露,并用毛巾拼命搓洗脊背和大腿,还有大腿中间的那一片"黑色丛林"。热水从背上流下来,那是一种无比舒服的感觉。米娅在烫烫的热水里,只感到全身麻麻的,有一种膨胀感。那种感觉让她想到了大卫,想到了他的撞击声,想到了自己已经成为一个女人了。她看看自己赤裸的身体,想着与大卫在一起的感觉,身上每一个细胞都仿佛开放出灿烂的花朵。

浴室里的蒸汽越来越浓,呼吸不那么畅快了。湿湿的长发,贴在面颊上像柔软的黑色织锦缎一样。米娅热得有些喘不过气来,赶紧擦干身子,穿上三角短裤和胸罩就走到了客厅里。这时麦琪正好从卧室出来,看见她屁股上两个深紫色的、像圆圆泥印一样的东西,大叫起来道:"你的屁股上怎么了?"

"什么怎么了?"米娅问。

"两个深紫色圆印。"

"那是坐久了的缘故,你屁股上也一定有,不信你去照照镜子吧!"

"我才没有呢!"

麦琪转身回到自己屋里,米娅忽然觉得自己屁股上的两个深紫色圆印,也许被大卫看到了,顿时羞红了脸。不过她仔细一想,他俩都闭着眼睛在干那事儿,谁也没看见谁的私处。米娅这么一想,又哼起小曲儿暗暗庆幸起来。

星期六,米娅回到家已是午后一点多了。母亲小菜摆了一桌,饿着肚子等她回家吃饭,可米娅说要吃沙拉,母亲就又开始动手做沙拉。色拉是上海人一道亦中亦西的普通菜,做起来十分方便。母亲将煮熟的土豆切成小方块,再将一个苹果和几根红肠切成小方块,然后放一些煮熟的青豆,用沙拉酱拌一拌。母亲刚拌好沙拉，爱玛就穿着雪白的羽绒服来了。母亲说："爱玛，你难得来，是米娅叫你来的吧？"爱玛愣了一下，米娅用脚踢踢爱玛的脚。爱玛说："是啊，不过我自己也想来看您呢！"母亲笑呵呵地说："你们读书忙，将来有出息啊！"

吃完沙拉，米娅抹抹嘴，爱玛让米娅到她家去玩。爱玛自己有一间书房，闺中密友聊天就在书房里。母亲见两个女孩子在一起，比较放心，说："去吧，去吧！"其实米娅很久没去爱玛家了，想起上八年级时，为了听她家隔壁女孩弹钢琴而逃课，便感到岁月如梭。

走出爱华公寓楼时，米娅朝对面窗子望了望，她想，此刻大卫在干啥呢？爱玛没注意到米娅在看什么，问："你昨晚与谁约会去了？"米娅说："我能与谁约会？我和我的同寝室友看电影去了。"爱玛笑笑说："不会吧？"米娅没再吭声。她们肩并肩走出小巷子，走到唐人街上的鞋匠摊时，米娅想把脚上的皮鞋后跟打上两个铁钉，便坐到矮矮的小木凳上。她光着一只脚，玫瑰红色的大衣拖到了地上。

三

米娅考完最后一门功课的那天，天气就像预报的那样，突然下起了大雪。为了见大卫，她同其他滞留在学校里的留学生一同留在学校里。热恋中的她，心里满满地装着大卫，可是这几天到处都没见到大卫的身影，她又不敢到他办公室去找他，更不敢到他家里去找他。米娅突然感到失落、孤独和极端无聊。午后,她在教师办公楼前的那块雪地上来回徘徊,渴望他能看见她。可是大卫迟迟没有出现,她有一种被毁灭的预感,这让她愤怒。

雪越下越大,地面已积了厚厚一层。米娅胆战心惊地走着,不知不觉,来到解剖实验室门口。紧闭的红漆大门被雪花一朵朵地粘着,结成了冰。米娅任雪花落满她的全身,任一汪泪水夺眶而出。不知过了多久,她恍惚听见红漆大门吱的一声,睁开眼睛看见了大卫。他全身哆嗦,有些口吃地说:"你在这里干什么?要冻出病来的。"他说着把她拉进了解剖实验室。也许是因为雪天,解剖实验室显得格外阴气森森。米娅突然害怕起来,仿佛那些尸体标本会一个个活过来。

大卫仿佛换了一个人似的,变得冷漠而严肃。他的脸有些浮肿,眼睛望着米娅时也不再闪闪发亮,而是暗淡无光。米娅明白了自己的境况,但她看他默默地站着,一副可怜兮兮的样子,报复的心便烟消云散了。她说:"我知道结果了,你什么也别说了。"大卫说:"我对不起你,我买了新房子,马上就要从爱华公寓楼搬走了。"

米娅低着头,鼻子一酸,眼泪就流了出来,她哭泣着说:"你是想快刀斩乱麻吗?"大卫说:"不是这样,我不能娶你,所以不想我们陷得太深。我们的开始就是我们的结束,这样痛苦就会少一些。"米娅道:"你别说了。我知道你是个伪君子。"大卫耷拉着头,哆嗦了一下,顿时脸色苍白。

米娅终于击中了他的要害,击疼了他。

米娅转身离去时,他拉住了她,脉脉含情地说:"我们好聚好散,你一定会遇上比我更好的男人。"米娅鄙视地哼了一声,扬长而去。奇怪的是,米娅虽然气愤,但并不感到受辱受骗。她认为男女是平等的,爱也是平等的。她在雪地里踽踽独行,雪花落在她的身上,落在她的脸上。曾经让她感到幸福的"你是我的小天使"的声音,又在她耳畔响起来,然而瞬间已变成一颗自食的苦果,让她感到痛苦极了。所有发生的一切,就像她初恋幻想中的一个荒唐故事。她回到寝室蒙头就睡,泪水湿了一大片枕巾。

第二天中午,米娅与大卫在学生食堂里不期而遇。大卫脸上的浮肿突然消失了,重新变得英俊帅气。米娅痴痴地望着他,但他就像电影里无毒不丈夫的男人那样,连一个微笑也不给她,完全就像陌路人。米娅心里既怨恨又欣赏,她望着他的背影直至消失。

大雪停止的那一天,期末考试的成绩出来了。米娅每门功课都是A,解剖学竟然得了满分。米娅想,这满分源于对大卫爱的动力。如今"爱"已成为泡影,这满分对她来说已不再重要了。

米娅拿着成绩单回到家,看见母亲新烫了头发,梳得整整齐齐的,上衣纽扣上还挂着一朵白兰花,就知道母亲一定去过陈姨家了。母亲虽是底层人家出生,但出门做客有着典型的上海太太风范。母亲见女儿回来说:"放假了吧!"米娅说:"你天天这样打扮就好了,不要在家里穿得像个要饭的。"母亲说:"你别口无遮拦,瞎说啥?"米娅朝母亲做了个怪相,郁闷地坐到沙发上想着自己的恋爱故事,品尝着失恋后的痛苦。

没有人知道她内心的痛苦,也没有人知道她被大卫闪亮的眼睛埋葬了,更没有人知道埋葬了她爱情的这个男人,让她从女孩成长为了女人。她品尝着女人的痛苦,蜷缩在房间里,整天整天不出门,时常望着对面的窗户发呆出神。

隔壁老李家的收录机,到了中午总是轮番播放好几盘CD,都是中国传统曲目。《梁祝小提琴协奏曲》在她听起来有一种醉人的孤独;《十五的月亮》那缠绵的、忠贞的爱,让她怀疑自己短命的恋爱究竟是不是爱,大卫爱过她吗;《二泉映月》的音乐如泣如诉,听得她难过极了。只是母亲在家里,她不能流泪,更不能哭出声音来,所有的悲伤只能囫囵吞枣一样,闷在嗓子眼儿里。她努力想改变自己的生活,但失败了。第一次独自面对失败,她的心疼得就像刀割一样。

米娅觉得不能再闷在家里了,必须寻找一种解脱。最好的办法就是约上同学逛街去,然而,她神思恍惚又没着没落,哪里也不想去。这时候,对面窗户里有大声说话的声音,她探出头去,看见大卫正在拆窗帘,而他的母夜叉妻子正在指挥工人搬东西。米娅看到大卫,突然感到恶心极了,赶紧把头缩了回来,一种永远不想看到他的想法浮上心头。

大卫搬走后,对面的窗户一直开着。无人居住的屋子,风把两扇窗拍打得吱吱嘎嘎响。只有米娅心里明白,窗户里面曾经发生的故事与她有关。她说不清是他诱骗了她,还是她勾引了他。反正她知道自己不是一个好女孩,更不是一个守规矩的女孩,甚至可以说是一个坏女孩。

这个寒假,米娅过得非常无聊,无非睡懒觉,约同学逛街。她这才发现唐人街上的中国人越来越少了,不少从前的旧房子都被拆掉了,很像中国二十世纪九十年代的上海,打桩机也轰隆隆响个不休。她想起母亲曾经和她说过,上海弄堂被拆得像广场一样,整栋殖民时期的旧建筑,被定向爆破的炸药夷为平地后,盖起用玻璃幕墙装饰的摩天大楼。一条条城市高架路宛若半空中的蜘蛛网,而地铁在闹市的地底下纵横开挖。

米娅想,虽然八十多年前的旧上海就很风光,但现在的新上海是不是比那时发展得更快呢?米娅巴望着自己能回上海去看看,可是进了医学院后,每个寒暑假都被填得满满的。

转眼又是一年的中国农历新年快到了,农历新年就是国内大家俗称的春节。春节来临前,母亲常让她上街买家里过年用的东西,逛街就成了她名正言顺的事情。那天她忽然发现,巷口广东佬的水果摊旁开了一家中国小吃店,而且一直营业到晚上十点。小店里有馄饨、面条、炒饭、年糕、小笼包等,米娅进去吃了一碗馄饨,又给母亲买了一碗回去。第二天,米娅又在小吃店里吃了面筋香菇面,味道好极了。米娅吃得饱饱的,仿佛心也饱饱的,情绪忽然就好起来了。

那天米娅约了爱玛一起去市中心的宾夕法尼亚区,那里的商店鳞次栉比，一家又一家精品服装店，让她们感受着时尚带来的新鲜和美感。从商店里出来，正好是中心广场，在川流不息的各种肤色的人群中，米娅听见从远处飘来的音乐。她拉着爱玛顺着流淌的音乐走过去，天空蔚蓝如洗，阳光温暖地照在她们身上。原来那里正举办一场庆祝舞会，一对对男女伴着音乐跳起了华尔兹舞。一曲末了，又响起了爱尔兰风笛的声音。

米娅和爱玛都情不自禁地扭动胳膊跳起来，玩得尽兴后，她俩又来到乔治城最热闹的 M 街上。这里是她们最熟悉的地方，随处可见的中世纪风格复古建筑、鹅卵石街道，以及历史悠久的名店名楼，她们早已熟视无睹了。她们感兴趣的是去每天排着长队的杯子蛋糕店。这家店自创业以来，创下了单日卖出一万个杯子蛋糕的记录。美国前总统奥巴马的女儿举办生日派对都选在这家店呢！难怪每天都有那么多人前来品尝，也许是名人效应吧。新烘的蛋糕出炉时，半条街都是他们店里飘出来的奶油香味。米娅和爱玛品尝了几口，就爱上了这又香又甜的杯子蛋糕了。

吃完蛋糕，听说乔治城长老会教堂有一场免费音乐会，是钢琴名家乔治·路易斯·普列兹的演出，她俩商量了一下，决定去听音乐会。到达时，教堂里已坐满了人。不少女人都手持鲜花，花都是红色的，一束比一束鲜亮。她们等在教堂一边，浓郁的花香弥漫在空气中。

钢琴家充满激情地演奏着，中场之后，女人们接连送了几次花,钢琴家似乎兴味正浓。不知过了多久,米娅听见教堂壁炉上的钟声走得很响,黄昏披着迷蒙的薄雾来临了。又一曲结束,大门打开了,钢琴家手捧鲜花,边挥手致意边走下台阶。

离开长老会教堂,米娅她们又来到乔治城海滨公园。有一年,她俩在这里卖艺做慈善,爱玛拉小提琴,米娅唱歌,围观的人真不少。人们是多么需要音乐啊,热情的观众把她们团团围住。她们站在海滨公园一角,附近是灯火辉煌的肯尼迪艺术中心,还有静静伫立的键桥,游客们手拿红酒或啤酒,惬意地品味着音乐和美酒。

离开海滨公园后,米娅和爱玛来到威斯康星大道和 M 街的交会处,这里新开了一家精品屋,所售物品价格不菲,看着模特身上昂贵的衣服她们还是毫不犹豫地走了进去。作为学生,虽然口袋里没啥钱,但她们是华裔二代,根本不会像她们的父母那样勤俭节约,看到自己喜欢的就买。

米娅在陌生的试衣间的长镜子里,看见自己被一条白地红花的连衣裙衬得挺拔而高挑,漂亮极了。那是她吗?她脸上红扑扑的,长发披在胸前,迟迟不肯脱下这条连衣裙,直到另一个顾客等在门口试衣,她才脱下它,换上自己的衣服。出来时,有着金黄头发的女营业员问她:"要吗?"

"要。"她口气坚定地说。

她们回家时,走在唐人街上,已经有了中国年的气氛。大红灯笼高高挂在各家商店大门口的屋檐下,一种节日的喜庆让米娅想起小时候回上海过年的情景：爆爆米花的老男人叫一声"响喽"！过路人蒙住耳朵停下来，或跑开去。几个十来岁的男孩子，鞭炮放得"噼啪"响。门口，有邻家姆妈端出电炉来做春饼皮，也有用铁勺子做蛋饺的。此刻，在交叉路口，米娅和爱玛道别后，捧着刚买的裙子跨进爱华公寓楼，她闻到一股鱼香，那是隔壁老李又在炸熏鱼了。

第三章　做上了见习医生

一

　　时间就像流水一样，转眼米娅已是医学院三年级的学生了。三年级除了要考完美国国家行医执照的第一阶段和第二阶段，还要去医院做见习医生。通常见习医生需要一年或者更久，到了四年级就可以向医院申请 residency（住院医师）的培训项目。米娅一想到这些就头大，别的不说，仅每年向学校贷款的学费，都令她觉得即使做了主治医生，也得还上好多年，真不知道读医学院值不值？不过话说回来，米娅是那种虽然欠了一屁股债，却一点不愿亏待自己的人，有想要的就买。

　　现在米娅经过多方联系，终于在马里兰的巴赛斯达申请到了一家肿瘤医院做见习医生。巴赛斯达距华盛顿特区唐人街不远,坐地铁或公交车都很方便。米娅被安排在第六病区。第六病区在医院旧楼一栋木结构楼房的二楼,踏上"吱吱"作响的楼梯,有一种晃悠悠的感觉;但它的好处是门口有个大花园,空气清新,环境也十分幽静。

肿瘤医院住着的,大部分是癌症病人。在大家的观念里,癌症差不多就是等死的意思,各式各样的癌症病人,脸上多半布满阴云。重病号区哭声、喊声、疼痛的叫唤声此起彼伏。米娅一到重病号区域,便感到心头压抑,仿佛死亡即将来临了;而普通病室,不少是从体检中查出来的癌症病人。病人们脸上满是恐慌和忧郁,总是睡不踏实,喜欢坐在床上盼望着什么。每当米娅路过病室门口,他们便会目不转睛地望着她。她知道她的工作就是投身于这种生活,并专心致志地和她的病人一起与死神搏斗。

与米娅一起进第六病区做见习医生的,还有她的同学麦琪。麦琪在意大利的男朋友已经有了新娘,彻底把她抛弃了。麦琪本来的想法是嫁到意大利去,现在意大利去不成了,她就梦想做一名出色的医生。医院不包住宿,麦琪只能租房,贵的租不起便托米娅帮她留意便宜的出租房。正巧爱华公寓楼西边有户人家刚刚在郊区买了栋房子,他们想把爱华公寓里的两室一厅出租。于是米娅帮麦琪租了其中一间房,另一间房东租给了别人,这样的合租价廉物美。这事儿办成,米娅很高兴,麦琪也很高兴,毕竟在一家医院做见习医生,住在一栋公寓楼里可以互相照应。

在医院住院部工作,值夜班是家常便饭。米娅往往刚上完白班,接着就是夜班。但上完夜班后,可以放假一天。放假日,米娅通常是闷在家里应付各种考试。生活对她来说,非常平庸无聊。有时她望着对面窗子,大卫的阴影会倏地在她脑海里浮游,让她的心咚咚跳。自从大卫搬走后,对面窗户不断变换房客,先是两个女人住着,隔半年后又搬进来一对夫妻,那对夫妻搬走后,又住进来一个白皮肤蓝眼睛的男人。他有时开窗会冲米娅喊一声"Hello(你好)",母亲看见了就在一旁说:"不熟悉的人,别随便搭讪。"米娅便将窗子"砰"一声关上,母亲这才满意地离开。

那个休息天下午,米娅穿着漂亮的衣裙,出门逛马路去,街上虽然有树荫,可还是很热。米娅逛了几条街,就热得头昏脑涨了,她看到一家咖啡馆,便停下脚步,从玻璃橱窗望进去,里面有不少对亲昵的恋人。她犹豫了一下,还是走了进去。这里蓝山咖啡、爱尔兰咖啡、磨卡咖啡、日本咖啡、意大利卡布奇诺等,样样都有,还卖自己做的起司蛋糕和烤松饼。这些糕饼新出炉时,满屋子飘香。米娅在一个角落坐下来,要了一杯卡布奇诺和一块起司蛋糕,这时,一个男人倏地坐到她对面,仿佛早就注意到她了似的。她在昏暗的灯光中睁大眼睛一看,发现他就是她家对面窗户里的白皮肤蓝眼睛男人。真巧,怎么会在这里见到他?她的心怦怦地跳着,又好像在渴望着什么。

"How are you doing?Nice to meet you.My name is Steve."(你好。很高兴认识你。我叫史蒂夫。)

"Nice to meet you too."(我也很高兴认识你。)

米娅在史蒂夫兴奋而惊奇的目光里心花怒放,她知道有什么事情将要发生了。他们用英语交流着,后来史蒂夫改用普通话跟她交流,这让米娅感到意外,莫非他是中国通?

他们一直坐到黄昏,米娅不愿意和史蒂夫一起走,先离开了咖啡馆。街上还是那么地闷热,一道晚霞在软塌塌的柏油马路中间光芒四射,美丽极了。米娅看到,马路对面一辆开往唐人街的公交车正好停下来。她跑过去,眼看就到车站了,那辆车"哐当"一声关上门,离开了车站。她喘着粗气站到车站的树荫下面,只得再等下一辆。美国的公交车虽然乘坐的人不多,但有时车上还是会遇到小偷,因此米娅想买辆车,只是考了三次驾照都没有考下来,只能暂时算了。

这会儿米娅已经坐上了公交车,从车窗望出去,唐人街的街景忽然让她想起小时候回上海弄堂的情景。那时候,她常仰着头,看弄堂上空横七竖八的电线杆上;邻家姆妈用衣架晾着外衣、内裤、胸罩;而门口纳凉的人摆着矮桌、小板凳,也有老人会先搬出躺椅,占好位置,等晚饭后摇着扇子喝茶聊天。那些认识的或不认识的爷爷、奶奶、爷叔、阿姨们操着一口浓重的上海本地土话,或宁波话聊家常。孩子们则兴奋地在窄小的弄堂里追逐打闹,满头大汗,大人们会追上去生气地骂:"侬咯小赤佬,疯死了,当心吃生活。"

米娅下了公交车,才从回忆中缓过神来。快到家时,她情不自禁地朝对面史蒂夫住的窗口张望。他们已经说好了用暗号,他打开一扇窗,就表示他在家里。这时史蒂夫已先米娅回到了家里。米娅心里想,怎么找来找去,竟然又是对面窗户里的男人呢?

也许是缘分吧!

米娅的心又怦怦地跳起来,24岁的她确实该有男朋友了。小时候,她常梦想自己的男朋友是一个高鼻子、蓝眼睛、白皮肤的男人。如今这个高鼻子、蓝眼睛、白皮肤的男人,已然出现在她眼前,只待她去勾住他了。

母亲平时很节俭,但到了米娅的休息日就会买好些小菜。下午母亲从超市买回来一只冷冻小母鸡,化冰解冻洗干净后,加上生姜、黄酒,等开了锅,撇掉汤沫子和浮油,再用文火慢慢地炖着,放进去一些火腿片和土豆,厨房里便弥漫着火腿的清香和鸡汤的鲜味了,这是母亲通常炖鸡的手艺。米娅一跨上楼梯,就闻到一股香味。隔壁老李站在楼道上正要下楼,看见她来了说:"你姆妈给你炖鸡汤喝呢!"

米娅喊一声李伯伯,便走进自己屋去了。她迫不及待地要到窗口摆一盆玫瑰花,因为她告诉史蒂夫,窗台上摆着玫瑰花,就说明她在屋子里。此刻她一端出玫瑰花,史蒂夫便从对面窗口探出头来,冲她喊一声:"Hello."对面窗户隔着天井,她生怕被别人听见,朝他笑笑,不说话只打哑语。趁母亲不在,她偷偷地与史蒂夫打上几句哑语,心里感到踏实多了。

母亲端上菜时,她已经把一盆玫瑰花放到书桌上了。母亲对她说:"你先吃吧!我要去楼下扫垃圾,臭死了。"母亲说着便下楼去了。

事情是这样的。政府的垃圾车一周才来一次,邻居们倒垃圾时,有时塑料袋破了,垃圾会掉在垃圾箱外面,散发出阵阵恶臭。有些邻居还从窗口往外扔垃圾,把天井当作垃圾箱。母亲用一把铁铲,将垃圾铲在一起。她气愤地冲站在旁边的老李说:"别当人没看见,往窗外扔垃圾的,还讲不讲环境卫生?"

老李说:"扔的人是败类、渣滓。"

母亲说:"嗯,是败类、渣滓。"

母亲朝老李看看,心想不就是你扔的吗?还洋装个啥哩!

暮色降临时分,母亲把垃圾集中到一起,堆成一座小山,但风一吹,臭味依旧一阵阵弥漫开来。她冲老李说:"怎么处理这堆垃圾呢?"老李道:"急什么,过两天垃圾车就来了。"母亲说:"这么臭,一小时都难熬。"老李正想回话,妻子张岚打开窗冲楼下喊他,他便匆匆地上楼去了。

月光下,那堆垃圾突然冒出蓝色的气体,袅袅地飞到天空。母亲觉得这蓝色的气体肯定是有毒的,但它们此刻在她眼前构成迷人的景象让她沉醉。这景象仿佛海市蜃楼,在她眼里闪现出一栋漂亮的别墅;而别墅边上的柳树在蓝色的烟雾里摇曳,痛苦地痉挛着。母亲眼睛睁得大大的,惊讶得全身微微打战,这是预示她将拥有一栋自己的别墅吗?

母亲非常羡慕有钱人家,乡间有别墅,城里有公寓,她这中文老师根本买不起独栋的房子。不过没钱有没钱的活法,母亲在爱华公寓楼住了几十年,也十分乐在其中,她还非常担心这所公寓楼被拆除,小巷子消失的日子。她喜欢爱华公寓楼里的人间烟火气,喜欢与上海邻居说上海话。她由衷感慨中国人的聪明能干,在美国首都最繁华的地方建成了唐人街,让中国人有了自己落脚的地方。

米娅吃完晚饭,见母亲还没上楼,便匆匆下楼对母亲道:"吃饭啦,别扫了,脏死了。"母亲说:"太脏了,我不扫,还有谁会来扫?你下来,帮我把这堆垃圾用袋子捆绑紧,那样才不会臭气熏天。"米娅说:"我才不干,你这是吃力不讨好。"米娅说着,便回到楼上卫生间里洗脸,然后在脖颈上抹了一些香水,去小巷子里散步去了。

这么多年来,米娅对散步乐此不疲,晚饭之后,必定徜徉在小巷子里,若上班就徜徉在医院的林荫道上。都说散步是一种轻松、一种孤独,亦是一种沉重、一种境界,有时也会有相遇和浪漫。米娅心里有了高鼻子、蓝眼睛的史蒂夫,便渴望在散步中遇上他,与他手拉手地走在绿荫遮蔽的树下。

前面就是爱玛的家,那是一栋她十分熟悉的老式百年小楼,米黄色的墙已很难辨认出颜色了;但那个红瓦尖顶上的窗户却还格外醒目。旁边福建人开的日用品商店里的老板,都和米娅成为老熟人了。

爱玛家住的这栋房子是欧式老房子,里面住着好几户人家。房子的木板在晴朗干燥的天气里,四处都会发出细小的碎裂声,仿佛有人在地板上掠过。整栋房子的地基很低,一到雨天,走廊上布满水坑。底楼的木质长窗,一年四季被蔷薇花枝爬满,就在这个爬满蔷薇花枝的窗子里,时常传出美妙的钢琴声。

上七年级时,米娅和爱玛时常相约来听一个女孩弹奏钢琴。那是个比她们大很多的女孩,她的琴声宛如一股清凉的微风,在阳光中缓缓盘旋起伏,从容不迫地流淌到她们心里,让她们在烦闷无望的日子里,呼吸到另一种空气。有一天,她们踮起脚尖,看见弹琴人细长单薄的手,在琴键上飞舞,她的身体微微晃动着,好像琴声是从她身体内部与琴键中一起飞出来的;还有她房间里没有消退的冬天气息。

后来这女孩找了一个高鼻子、蓝眼睛的白人,两年后嫁到法国去了。花园里到处是枯萎的玫瑰树根,没有了琴声的木质长窗,在阳光下显得荒凉和沧桑。米娅羡慕那个弹琴女孩能远嫁法国,她也想如那个弹琴女孩一样远嫁,可是连个男朋友都没有着落。

二

爱玛申请到了妇女保健院产科病房见习医生的岗位,接生新生婴儿,就是她每天的工作。如果说米娅的癌症病房是与死亡打交道,那么爱玛的产科病房则是每天迎接新生。那天米娅走进爱玛那个有着红瓦尖顶的房间,听音乐是她们的共同爱好,她们尤其喜欢听肖邦的《C 小调练习曲》，这是一首洋溢着热情和光辉的曲子，是肖邦 1830 年 11 月离开祖国后，听到华沙起义失败的消息后，怀着极大的悲愤创作的曲子。米娅喜欢肖邦的《C 小调练习曲》，是因为肖邦对革命的热情、对祖国的热爱。米娅想，那么，我的祖国是美国还是中国？

许多时候，米娅对自己的身份认同感到困惑。

几天后，米娅和爱玛一起到肯尼迪艺术中心去听音乐会。住在华盛顿哥伦比亚特区的她们，哪个地方去得最多，毫无疑问就是肯尼迪艺术中心了。那是一栋白色的方形建筑，临水而立，景观秀丽，位于波多马克河畔，毗邻是水门大厦。对美国而言，这里是国家文化中心，在美国文化界有着举足轻重的地位。今天她俩是来听美国乐团演出的交响乐的，交响乐由王羽佳担任出场钢琴演奏。

米娅和爱玛都是这里的常客，每次进入音乐厅，都能感受到那辉煌的四壁，那上下四层的豪华气派，这些无不显示着美国国家音乐厅的不凡地位。几分钟后，王羽佳出场的那一刻，掌声雷鸣般地响起来。掌声持续了一会儿后，场内便鸦雀无声了，只有音乐在耳畔回荡。她们的位置在中间偏左，可以看到王羽佳在钢琴琴键上挥舞的双手。王羽佳谢幕时，雷鸣般的掌声经久不息，加演一曲，还是掌声不断，真没想到美国观众对王羽佳如此喜爱。中场休息时，米娅和爱玛来到屋顶露台，晚风徐徐中，波多马克河莹光闪烁，与华盛顿哥伦比亚特区的黯淡夜景形成鲜明对比。

这次音乐会后,她们又接连来观赏过几次音乐会。有一次是观赏钢琴巨星丹尼尔·特里福诺夫的演出。这是一位出生在俄罗斯的音乐家,其灵巧的手指和敏锐的心灵,造就了他炉火纯青的琴技。还有一次是观赏中国中央芭蕾舞团演出的舞剧《大红灯笼高高挂》。演出一开始,大红灯笼便高高地挂在舞台上了。演员们的表演深深地吸引着观众;不错的艺术效果,很有感染力。尽管美国观众对其中的一些文化元素不一定能懂,但他们还是看得认真而专注,并热情地鼓掌。这样的观众,很能激发出艺术效果,达到台上台下的互动交流。

每次听音乐会回来,米娅的心情都能好上几天,即使在病房里工作时,她也能沉浸在雄壮激昂的旋律中。

都说见习医生很辛苦,米娅倒并不觉得,只要合理安排时间,照样可以过得轻松自在。现在她马上就是医学院四年级的学生了,她要申请住院医师的培训项目了,并且选择了自己的医学专业。这让母亲非常骄傲,见到熟人就说:"我女儿马上做医生了,你们有个头痛脑热的找我女儿就行。"后来,爱华公寓楼里的几个上海老头老太真找上门来看病了。那天米娅一直忙到黄昏,才匆匆赶去医院值夜班。

交接班的住院医生已把大致的病人情况写在一个本子上了。米娅穿上工作服,坦然地坐在办公桌前,处理手头的工作。值夜班对她来说,最大的愿望就是平平安安过去。然而,每个夜班都会发生一些意想不到的事。米娅手头的工作还没做完,呼叫机就响了。那吱啦啦的红灯,让她的心扑通扑通地跳着。她快速地挂上听诊器,拿着血压计朝病房奔去。一个脑癌病人疼痛得厉害,嘴里嚷着要开刀,其实他已经开过刀了,只不过癌症已从肝区转到了脑部。米娅回到办公室把情况告诉住院医生,住院医生开了止痛药物吗啡,让护士给他送过去。

见习医生就是给住院医生打下手的,一边做,一边学习,现在米娅已经申请到住院医师的培训项目了,除了做见习医生,她还要去上培训课。这会儿她回到医生办公室,就等于回到了自己的世界。她忽然感到在病人的世界中,她与他们的目光交织在一起,她仿佛是光明的使者,肩负着带领他们走出无数个黑洞的责任。这病痛和死亡气息,将会引领她走向何方呢?她不知道,也不想知道。她继续做着手头的工作,然而没几分钟呼叫机又响了。那是204病室3床的病人在呼叫,米娅又急急地赶过去。

子夜时分,病房里静悄悄的,米娅在病房的长廊里,来回走了两遍,听到病人的呼噜声、咳嗽声,还有梦呓声,才放心地回到办公室。也许是太累了,她趴在办公桌上打起瞌睡来。睡梦里,她看见许多幽灵在她身边散步,那是从停尸房跑出来的幽灵吗?幽灵在舞蹈,幽灵就是死者脑袋里不死的魂灵吗?

"米医生……米医生,快、快!"

米娅猛地从睡梦中跳起来,迅速朝病房奔去。又是一个因肝癌而疼得嘶叫的病人,米娅立即向住院医生汇报情况,住院医生对她说:"给他打一针五十毫克的杜冷丁。"米娅处理完这个病人的情况,已经凌晨四点多了。她既疲劳又困顿,但她不敢再睡,只能用冷水洗洗脸,泡一杯咖啡提神。不到半小时,两个病室的呼叫机同时响起来,虽然这并不算意外,但她还是脱口而出道:"天哪!该先去哪里?"

"米医生,208病室1床的病人快不行了。快,要立即抢救。"

"米医生,205病房……"

米娅的脑袋晕起来。她揉揉眼睛对自己说:"挺住,一定要挺住。"于是她先去208病室,接着又去205病房,等她疲惫不堪地回到医生办公室,已是早上六点钟。这时,她累得躺倒在四张木椅搭起来的床上,从没有过的腰酸背痛,使她睡得整个人像一块下坠的石头,不断沉下去、沉下去……

如果没有电话打过来,米娅还会一直睡下去。可是刚到八点,就有人来电话催她查病房去。她惊讶地问:"我查房?"

"是的。"

米娅这才想起麦琪与她换班的事。她想,这个麦琪,今天去干什么了,莫非找到男朋友了?米娅一边想一边起来洗脸,还精心化了个淡妆,她把长发高高地盘到头顶,穿上医生工作服,精神饱满地继续上班。查病房对她来说,已不是一件难事,她最盼望的是做主刀医生的助理。医院是个复杂的小社会,各种各样的人都有,病人中有财大气粗的、有盛气凌人的、有穷得交不起医药费的,也有蛮不讲理和彬彬有礼的,但无论哪一种人,在癌症面前都是平等的。

51

一个血癌病人虽然经过奋力抢救,结果还是没能挺过来。米娅填完死亡通知单,楼道上就响起吱呀呀的铁轮子声,护士长哗啦哗啦地把铝面病历卡一摞一摞抽出来堆在推车上。查房时间到了,医生和护士兵分几路。米娅和护士长,还有护校来实习的学生郝莉一路。郝莉抱着铝面病历卡走在后面,米娅和住院医生、护士长走在前面。不少病人在医生没来查房时,等着医生;医生来查房了,又躲着医生。他们脸上充满痛苦和烦恼,还有对死亡的恐惧。

米娅从201病室开始查房,一个个查下来,查到210病室时,发现来了一个新病人,上午刚入院的。他的铝面病历卡上写着大卫·胡,男,42岁,晚期肺癌。米娅看到这名字一阵晕眩,斜斜地望着躺在病床上的男人,整个人颤抖起来:"大卫。"

大卫被这熟悉的喊声一惊,朝米娅望去。他没想到六年之后,会在这里遇上米娅。他既惊喜又难堪,如果地上有一个地洞,他会像老鼠那样钻进去。他有点尴尬地说:"没想到我还能见到你!"米娅有点激动,但很快冷静下来,屏住呼吸道:"这不也是缘分吗?"大卫的眼睛已不再闪闪发亮,而是暗淡无光了。但他暗淡无光的眼睛,依然能让米娅受到巨大冲击,好像噩梦中的舞蹈,她听不清自己在说什么了。

米娅转向另一床病人,她仍然把大卫的铝面病历卡捏在手里,仿佛捏着她从前的爱和恨。尽管她外表平静,但内心却像汹涌的潮水起伏不平。终于查完了病房,她去水池洗手。她用洗手液涂满双手,反复揉搓着,冲洗后,又涂了第二遍洗手液,直到手上的皮肤被洗得舒软,才满意地离开水池,回办公室。

　　这时米娅已经很累了,正想坐下来休息一下,又来了一个新病人。这是一位白人老太太,米娅一眼就认出了她。她就住在米娅家附近,米娅小时候玩捉迷藏,会一直玩到她家的那条小路上。她家的院子里有棵苹果树,用竹竿一打,就能掉下苹果来,只是那些苹果都还没有长成熟,吃起来酸酸的。那时候,老太太还年轻,脸总是通红通红的,大家背地里叫她"西红柿"。"西红柿"已经认不出米娅了,女大十八变嘛!米娅想,人真是脆弱,眨眼一个漂亮女人就变成了老太太,还得了要命的胰腺癌。

　　安顿完"西红柿",米娅看见一个小护士拿着点滴瓶给大卫去输液,她情不自禁地跟了过去。小护士是新手,气泡早放完了,小股的药水溢到地板上,可她的针头就是插不到静脉,一次、两次,大卫的手被扎起一个包。米娅忍不住接过小护士手中的针头,一下就到位了。大卫感激地看着她,但目光很快又躲闪开。米娅停下来,猛地抬起眼睛捉到了他躲避的眼神,那眼神正是当年他对她说"你是我的小天使"的眼神。米娅尽量克制自己内心复杂的情感,她告诉小护士:"没有弹性的皮肤打下去,血管一定会破,绝对不可以选择这样的血管。"小护士是个非常腼腆的越南裔小姑娘,她红着脸"哦哦"地应着。大卫躺在病床上默不作声,觉得米娅变得成熟了,已不再是从前的米娅了。

　　米娅和小护士离开病房时,大卫向她们挥挥手。他那欲言又止的表情,让米娅的心怦怦地跳起来。她没走几步,楼梯边的那个房间突然敞开了门,里面的阳光,把走廊照得通亮。米娅知道那是重症室,一张床上的床单正被撤走。床垫上是一摊摊污垢被擦洗后留下的痕迹。床边还立着没搬走的氧气,以及输液架。有病人走过来张望说:"又死了一个人。"米娅走进房去,像是检查什么东西似的,她看见床架子上有一件女人的花衬衫,应该是那个死者的衣服吧!

连续工作了近三十个小时,米娅实在累了。下班时,她几乎是跟跄着走到楼梯旁的,整个人变得麻木。

"你怎么啦?"唐医生老远看见她,朝她走过来问。

"没什么。"米娅说。

"看你脸色不好,病了吗?"

"没,没有。"

米娅知道这个从北卡来的华裔唐医生看中了她,而她只觉得他土得掉渣。每次与他单独相遇,她总是回避着他。此刻,她一溜烟儿跑下楼去,让他一个人站在楼道里。他望着她的背影嘟哝道:"上海小姐真是精明过人啊!"

三

米娅回到家里已是周六下午了,母亲已经做好丰盛的菜肴,可是她累得没有一点胃口,只喝了一小碗鱼圆汤,就倒在床上呼呼大睡起来。一觉醒来,已是第二天的大清早。她发现母亲出门去了,也许是买菜,也许是到陈姨家去了。金秋十月,天高气爽,是华盛顿最好的季节。米娅发现对面开着一扇窗,赶紧端出玫瑰花去。片刻,史蒂夫从窗口探出头来,冲她喊一声:"Hello。"她对他说:"Where are you going?"(你要去哪里?)他说:"I'm going to the art museum."(我要去美术馆。)她说:"Can I go with you?"(我能和你一起去吗?)他说:"Sure!"(当然!)

华盛顿国家美术馆正展出毕加索的画。米娅在金秋的阳光下,终于如愿以偿地与史蒂夫这个英国男人,手拉手地走在法国梧桐树的树荫下,这让她感到甜蜜又浪漫。尽管她心里对史蒂夫的吝啬感到不满,但AA制,各付各的账,谁也不欠谁是她早已习惯的。当然这是米娅替史蒂夫着想,与他在一起,她总是迁就他。

画展上陈列着毕加索的成名作《阿维侬姑娘》,这是一幅裸体浴女图。这群裸女线条简单、粗糙,透出一种暴戾的挑衅,回到了原始的出发点。毕加索把一切都敲得支离破碎,再把它们重新整合,给它们以新生命。米娅不喜欢毕加索的画,她认为毕加索是个情场老手,亦是女人杀手。毕加索把女人们的青春、美貌、精神捣得粉碎,然后在画布上随意地、错乱地将她们重新结合。他虽然创造了艺术,但却摧毁着现实生活中的女人,这让她愤恨。史蒂夫却非常喜欢毕加索,从毕加索这里他得到不少对付女人的灵感和经验。米娅不知道史蒂夫的过去,史蒂夫的过去对她并不重要,重要的是,她对史蒂夫心存迷惑。她还清楚自己很想改变现状,摆脱母亲对她的控制。

欣赏完画展,史蒂夫邀请米娅去舞厅蹦迪。米娅还从没去过舞厅,觉得很新鲜,于是欣然答应。他们很快来到舞厅,这一回,史蒂夫买了两张门票,还买了两罐可乐。米娅一阵感动,从史蒂夫的眼睛里,她读出了情人般的爱意,这让她忽然有了某种幸福感。她依偎着他,望着富丽堂皇的舞厅、流光溢彩的灯光、鲜艳热烈的舞女,仿佛进入了另一个世界。

舞厅里,一张张附着油汗的、变形的脸就像毕加索画中的人物。他们的身体随着音乐扭成随心所欲的样子,膝盖微微弯曲着,臀部绷得紧紧的,头发净是杏黄、葱绿,还有洋红色。米娅望着他们,感觉自己十分老土,不过她还是下到了舞池,感觉脚底下的地板就像滑溜溜的肌肤一样。她随着音乐节奏扭动着身体,仿佛在做一种全身运动,她胡乱地扭着、跳着,直跳到额头冒汗才回到座位。

史蒂夫要来了一盘水果和几瓶啤酒,他用牙签插着一片西瓜送到她嘴里,而自己举起一瓶啤酒,"咕咚咕咚"地喝起来。米娅含情脉脉地望着他,也望着舞厅里的男人和女人。她发现来这里跳舞的大部分是黑人,白人和亚裔不多,但那些深邃的眼睛、燃烧欲火的眼睛、雾气迷蒙的眼睛,还有如古瓷碎片般的眼睛都同样在这激烈的摇滚音乐中发泄着、晕厥着、回归着、升华着,并折射出意味深长的光芒。米娅被这世界深深陶醉了,这是与医院截然不同的世界。在这里,她感受到了她从来也没得到过的快乐和幸福!

夜幕中悬着明晃晃的月亮。米娅穿着一件米色羊绒衣,下摆塞进牛仔裤里。他们回到爱华公寓楼各自的家中后,米娅在纠结是否去对面的史蒂夫那里时,扔了一枚硬币,结果命运决定了她的去向。她想,她是第二次去对面窗户了。六年前大卫抛弃了她,现在他得了肺癌是不是报应呢?这么一想,她觉得自己仿佛是魔女似的,她想,如果史蒂夫再抛弃她,必定也会像大卫那样得癌症。

米娅穿过天井,走到公寓楼的对面,一切如旧。她轻轻地走上楼去,门是虚掩着的,门缝里漏出一线橙红的灯光,还有音响里流淌出来的音乐,那是一支马勒交响乐,但米娅脑海里回旋的却是大卫当年播放的李斯特《爱之梦》的旋律。房间还是那个房间,所不同的是,它已被史蒂夫装修一新——地板上铺着地毯,墙上做了一排壁橱,除了床、沙发、茶几、音响,还有一张西餐桌,桌上放着微波炉。整个房间看上去完全没有大卫居住时的拥挤和凌乱。

窗户上有两层落地窗帘,一层是白纱,一层是厚厚的紫色花纹窗帘。史蒂夫穿着灰色羊毛上衣,脸上泛着微笑。他关上门,转身示意她在沙发上坐下。沙发前的茶几上堆着咖啡、啤酒、口香糖、苹果、巧克力和画册,显然他对这个约会有所准备。

史蒂夫的眼睛不像当年大卫的那么明亮,但他的蓝眼睛很幽深,睫毛很长,也颇具魅力。都说眼睛是心灵的窗户,米娅极易受男人眼睛的吸引。她坐在沙发上,石英钟的指针在墙上清脆地走着。夜色一点点弥漫在这个橙红的小屋,米娅小心地喝着咖啡,手指窸窸窣窣地翻着画册。史蒂夫坐到她身边,一只手很自然地搭在她的肩膀上,偶尔拨弄一下她的长发,让她感到一种亲切。在马勒音乐的旋律中,米娅一会儿用英语,一会儿用中文,史蒂夫能略微听懂一些中文,米娅觉得这样的中西交流很爽气,而史蒂夫比从前的大卫幽默多了,总是逗得她哈哈大笑。

史蒂夫常常直接对着瓶口喝酒,好像已经习惯了,一连喝了两瓶酒,他仍没有一点醉意,接着,他又打开第三瓶酒。他一手握着酒瓶,"咕嘟咕嘟"喝得痛快淋漓,一手搂着米娅的腰,直到瓶子见底才放下酒瓶,然后在温柔的灯光下潇洒地站着,神秘地微笑着。米娅注视着他,闻到了他身上越来越浓的气味。这气味从他的每一个毛孔里,从他的蓝眼睛、黄头发里散发出来,这气味,与从前大卫的气味截然不同。米娅不能否认自己身体的激情,像镜子上奇妙的雾气升腾着,仿佛一种欲望攫住了她。

橙红色的灯光非常柔和,米娅闭着双眼能感觉光圈流淌在身上,也能闻到史蒂夫微微张开的嘴巴散发出酒精的余味。他们的身体攀缘在一起时,米娅触到史蒂夫柔软的胸毛,像海底的藻类盘绕着。她难以想象,六年后,在同一个屋子里,与不同的人,她再一次欲火中烧,意乱情迷。

整理好凌乱的头发,米娅对着小镜子,重新给自己的嘴唇涂上朱红色的唇膏。在镜子里,她发现自己丰满而莹亮,而此刻史蒂夫正抽着烟,喷出的烟雾在她眼前袅袅飞升。他用中文说:"你是一个好女孩,我喜欢你!"她说:"我也喜欢你!"

她突然感到自己很陌生。

米娅回到家里,母亲、老李、陈姨和她丈夫四个人正在家里打麻将牌。陈姨见米娅回来逗趣儿道:"米医生你回来啦!"米娅笑笑,轻轻地叫一声:"陈姨。"母亲则在一旁说:"她休息天比上班还忙。"陈姨说:"年轻人有年轻人的事情,你这做母亲的不要太操心。"母亲说:"我不操心谁操心?家里的事情不都是我做的?"老李说:"米娅回来了,我们该回去啰!"说着他就站起来推乱了牌。陈姨冲老李道:"你趁机耍赖啊!"

母亲一直把陈姨和她丈夫送到楼道口。站在楼道口,他们又聊了一会儿天,母亲说:"我最近遇上了一件怪事,脸上老是蒙着蜘蛛网。有时一大早醒来,脸上就结着一张网,但是我从没看见有蜘蛛,就是梦里也没见过。"陈姨说:"会不会是你上次扫垃圾染上了毒?"母亲说:"不会吧!我晚上睡觉脸上蒙着一块毛巾,第二天早上起来,蜘蛛网就结在毛巾上了。"陈姨说:"这倒是件奇怪事,看你把家里打扫得干干净净的,不像有蜘蛛啊。"母亲说:"我再找找吧!"母亲说着与陈姨和她丈夫挥手道别,回转身,那个莫名其妙的蜘蛛网让她觉得胆战心惊,仿佛有什么不祥预兆似的。

第四章　对面窗户里的秘密

一

第二天一早,米娅坐地铁去上班。在六病区,她与护士长总是搞不好关系。护士长很有威望,不仅是六病区的护士长,还是医院领导班子成员之一。那些护士都想与她搞好关系,以便有机会成为手术室护士,部分住院医生也很巴结她,希望她能给他们配备能力强一些的手术室护士。在医院,护士的能力和水平参差不齐、高下悬殊,如果做一个复杂的手术,被派上一个愚钝不堪的助理护士,那这个医生就倒霉透了。

米娅自入院做见习医生以来,还没有做过一次住院医生的手术助理。她觉得是护士长在背后对她使坏,这个五十多岁的老太婆,总是妒忌年轻漂亮的见习医生。今天米娅要和住院医生一起,为大卫做一次全面检查,除了使用医院里最先进设备外,她还将用她那双灵敏的手进行检查。此刻,她一步步走向大卫的病床,而大卫正靠在新换的枕头上等她。

她和他都露出一丝尴尬的笑。

人生如梦。米娅发现大卫好几根血管都很硬,而且没有弹性,那些血管四周已经有不少针眼,摸上去像摸着沙子一样。此刻,米娅想起六年前他俩的互相触摸,想起他把她当成天使的那一刻,也想起他把她无情抛弃的场景。米娅的情绪忽然复杂起来,但她极力使自己冷静下来。

作为医学院的老师,大卫知道自己的癌症已经扩散了,在米娅没检查前,他自己已触摸到腹部和两肋之间又多了一个包块,他已听天由命了。米娅告诉他有一个包块时,他故意惊讶地问:"真的吗?"米娅说:"没有切片化验前,不能确定是良性还是恶性,但我想你会好起来的。"米娅说着,眼睛竟模糊起来。她转身收拾器具,金属器具在洁白的搪瓷盘里叮哐作响。她知道死神正在一点点地走向大卫,而她作为医生最大的梦想就是从死神手下抢回病人。

收拾完器皿,米娅靠在大卫的床边想和他说些什么,然而那个"西红柿"突然闯进来道:"米医生,我等着你检查呢,你倒是在这里聊天!"米娅说:"你要下午呢!"可"西红柿"任性地说:"是上午,就是上午。"米娅看在她是小巷子里的邻居份上,只好跟着她出去。给"西红柿"检查完,米娅又忙碌地穿梭在医院里。

61

米娅眼里的医院就是一座堆满机器妖怪的丛林，那些呼吸机、心跳频率监视器、电脑断层扫描设备、CT机、X光透视机，等等，每天都在发出各种不同的古怪声响。那些声响有鸣笛声、蜂鸣声，以及公用呼叫系统不间断的喊话声；所有这些声音混合成一种喧嚣而疯狂的异常声音。米娅听到这种异常的声音有时会耳鸣，这说明她的体质有点虚弱。然而她觉得比之麦琪，她这点虚弱实在算不得什么。麦琪体重明显减轻，神情沮丧，与她交谈时还常常魂不守舍，若有所思。米娅猜不到麦琪遇上了什么烦恼事。

下午，大卫突然发起高烧。他旁边的病人来了不少家属，房间里充斥着嘈杂的声音。米娅扛来一扇屏风，把大卫和他们隔开。米娅一直没看见大卫的妻子前来探病，没有人陪在他身边，米娅有些可怜他。米娅想给他倒一杯果汁喝，但他的柜子里没有果汁，只好给他倒了一杯白开水。他感激地望着她，不知道说什么好。

离开大卫，米娅想找麦琪好好聊聊，然而路过"西红柿"门口时，又被她喊了进去。这次"西红柿"不是找她看病，而是从抽屉里摸出几个红苹果给她，说："这苹果又香又甜，可好吃了！"米娅摆摆手表示不要，但"西红柿"生气地说："不要就是看不起我这个癌症病人。"米娅只得接过红苹果，说："谢谢！""西红柿"露出微笑，说："这就对了。"

米娅双手捧着红苹果走出"西红柿"的病房后，心里想的是大卫。她又回到大卫的病房,把红苹果放到大卫的床头柜上,然后拿出一把小刀,给他削苹果。大卫正吊着点滴,米娅就把苹果削成片,用牙签一片片插好,送到大卫嘴里。这时"西红柿"突然闯进来,指责米娅不该将她的苹果借花献佛。米娅说:"他发高烧呢!""西红柿"说:"你是他什么人?怎么不见你对我这么好?"

米娅和大卫的脸顿时红了起来,但米娅马上反唇相讥道:"他是我的老师,也是我的邻居,难道不应该对他好吗?""西红柿"低着头嘟哝道:"那也不能把我给你的苹果给他吃。""西红柿"说着,朝大卫"哼"了一声,出去了。

大卫朝米娅笑笑,笑得米娅心往下一沉,觉得十分不好意思。她正转身想走,大卫说:"坐一会儿吧!"米娅于是坐在他床边的凳子上,看着他因发烧而蒙上一层雾的眼睛,看着看着,她突然把手放到他的手腕上。他的手哆嗦了一下,吃惊地看着她,张了张嘴,却没有说出话来,随后他紧紧地握住她的手,把她的手拉进被窝,放到自己的胸口上,让她感受自己的心跳。

米娅听见自己说:"心跳正常。"

大卫说:"还记得我们在解剖实验室的日子吗?那时多么美好!"

米娅没有回答,隐隐地掠过一丝忧伤。这时,她听到走廊上有送药车过来的声音,下午治疗的时间又到了。她倏地把手从他的胸口抽出来,慌忙地走出病室,正好遇上麦琪从洗手间出来,两个人便走到楼道口闲聊起来。

"看你有点反常，出什么事了？"

"性骚扰。"

麦琪遇上的性骚扰，不仅仅来自某些男医生，还来自某些男性病人。那个大老板周强自从在这里切除了良性肿瘤后，就盯上了她，有时在病房楼道上，有时索性派暗探跟踪到她住的小巷子里。如果是周强一个人，倒还不怎么让她害怕，让她害怕的是周强的那几个保镖，他们满脸凶相，似乎随时能置人于死地。麦琪曾想报警，但又惧怕他们的势力，她一天天生活在他们的阴影下，于是很想找个男朋友做她的保护伞。

都说医院是个小社会，在这个复杂的小社会里，无论米娅还是麦琪，她们都在步履蹒跚地度过忙忙碌碌的一个又一个工作日。米娅开始有些厌倦医院的工作了，她觉得医生执照第三阶段考试合格后，还要在医院做一年实习医生，才能成为真正的住院医生，真是道路崎岖而漫长啊！

那天下班，米娅走在小巷子里，与史蒂夫不期而遇。史蒂夫请她吃饭，她心头一喜，以为是去大酒店或大饭店，没想到史蒂夫只请她到唐人街广东佬水果摊旁的越南米线店吃牛肉米线，米娅眉头一皱，心里骂"小气鬼"，可还是很乐意地去了。也许他是懒得跑路吧，米线店虽然没什么派头，可在唐人街，离家近，吃完了可以上他屋子去坐坐。

米娅和史蒂夫坐在越南米线店里等牛肉米线，米线店里油腻腻的桌子，米娅用餐巾纸擦了又擦。米娅觉得这家店的店堂要是装修一下,生意会更加好些。正吃米线时,坐在她旁边的一个老头,打喷嚏一直打到她身上,让她感到浑身麻痒痒地想呕吐,吃了一半的米线便再也吃不下去了。而史蒂夫却把牛肉米线吃得干干净净,连汤都喝光了,然后他用手掌擦着嘴唇说:"走,去我家吧!"

又一次来到史蒂夫的家,米娅已经不感到陌生了,从前住在这里的大卫的影子不时在她脑海里浮游。她有些恍惚起来,坐在沙发上低着头,史蒂夫拿着酒杯为她倒了一杯红葡萄酒,也为自己倒了一杯。这样的喝酒方式是米娅喜欢的,几杯下去,她便有些微醺了。

史蒂夫一边喝酒,一边注视着她,猎人般的亢奋,在他眼眸里不时地闪现。米娅也静静地迎着他的目光,一切都是那么地自然。她不清楚自己是否堕落了,但与史蒂夫在一起,确实比在医院上班轻松多了。放下酒杯,他们也没有多余的话,逃逸的灵魂构成舞台背景,无论上演悲剧还是喜剧,力必多都在产生力量,因此,脱就是无声的语言。

二

母亲在等米娅回家,闲得无聊就从床底下拖出一只小小的木箱。木箱边结着一个蜘蛛网,原来这该死的蜘蛛在木箱里,她一下就把蜘蛛掐死了。打开木箱,她又从木箱里端出一个铁匣子。铁匣子里是一些已经发黄的照片,还有一些防潮石灰。母亲把照片一张一张地拿出来看,时间仿佛就在她手里倒流了回去。米娅那张一百天的照片,好像近在眼前,却已经过去了二十多年。母亲感慨着似水流年,年华老去。

接着她又看一张米娅四岁时,全家三口在上海的合影。那时自己多么年轻,丈夫还没有得病,三口之家在日常平凡的生活中其乐融融。母亲看着看着,耳畔隐隐约约又听到从她体内传出的"剁!剁!剁……"的声音。母亲有些害怕,起身朝窗外看看。对面那个白人正在关窗子,她讨厌地朝他一瞥。月光下,她看见米娅穿着高跟鞋,走在天井里的水泥路上,发出"笃笃"的声音。她又拿起照片看起来,透过照片她想起许多往事。那些灰灰的、破败的房屋,还有黑压压的天空下丛生的灌木;街上油漆剥落的老店招牌,不知怎地令她的背脊发冷。她没想到自己竟在不知不觉中走进了老年。

米娅进屋时,母亲就把铁匣子合上了。她那诡异的样子,仿佛藏着什么秘密。米娅狐疑地看看铁箱子,她知道那是陈年旧物,是早该扔掉的东西。米娅没与母亲说什么,洗漱完后便上床睡了。母亲知道医院工作忙,但女儿忙得连话都没时间和她说了,她心中不免沮丧。她孤独地坐在灯下,端详起自己的双手来,这是一双普通老年妇女的手,手背上有几根交错的血管,还有一些麻麻点点的斑块,指头的关节略微凸出。

夜晚是那样地安静,母亲突然看见一只黑蝴蝶。蝴蝶有小碗底那么大,紧紧趴在台灯顶上一动不动,翅膀闪出阴险的蓝光。她手忙脚乱地去扑蝴蝶,"啪"一下打到灯罩上,灯光颤抖起来,蝴蝶在屋里飞来飞去。她心有余悸地躺倒在床上,耳畔又响起"刹!刹!刹"的声音,心里恐慌极了。窗外漆黑漆黑的,阴沉的夜色里有野猫叫春的声音。

天没亮,母亲就起床了。她从唐人街一家饮食店里,给米娅买回来刚刚出炉的面包。米娅看也不看一眼,就匆匆地赶去上班了。母亲望着她的背影摇摇头,叹一口气,自言自语道:"这孩子怎么这样?"

米娅上班去后,母亲又到唐人街转了一圈,回来天就阴了。一股冷风把放在桌上的报纸吹到地上,接着她就听到滴滴答答的雨声,然后是狂风大作,屋前的泡桐树摇摆着。雨飘进了屋子,母亲跑过去关窗子时又看见那张白人的脸,与他对视了几秒钟后,她"嘭"地关上自家的窗门,自言自语道:"这洋人老朝我们家张望,他张望什么呢?"

母亲的头发有些花白了,是那种憔悴暗淡的花白。她在家穿着随随便便的衣服擦地板时,不知从哪里窜出来一只小老鼠,一眨眼工夫就钻到床底下去了。床底下都是她存着的杂七杂八的东西,她怕老鼠咬坏东西,花了整整一上午做清理工作。

她疲惫、绝望,眼前一片黑暗。

雨天总是让母亲有点不知所措,窗外那些灰黑色的屋檐,有时会在瞬间突然压向她的胸口,令她喘不过气来。这时她总是慢慢地聚拢脑海里那些五彩缤纷的颜色，想起一些鸡零狗碎的往事。

那天傍晚，母亲好像与陈姨约好了似的，在唐人街上相遇了。可是她们老远打着招呼，却怎么也走不到一起。树和人的形状模糊一片，如同平面和布景不断地向后面倒退。两个老女人花了很大力气，终于走到一起了，可是仿佛都接近痴呆状态，想倾诉，脑子里却空空的没有语言。母亲叫着："嗨，嗨嗨！"陈姨则叹气道："唉，唉唉！"这时母亲看见一个熟悉的女孩身影，正与一个白人并肩而走。母亲突然敏感起来，想追上去看个清楚，陈姨却挽着她的手原地不动。

一眨眼，那个女孩就消失在人群中了。陈姨仍然紧紧地挽着她的手，站在原地不动。母亲感到身旁的人流移动得更快了，简直令她头晕目眩。她身上开始发热，浑身痒痒的，那种感觉就像蚂蚁从她的体内往外涌动。母亲突然大嚷道："蚂蚁，成千上万的蚂蚁。"陈姨说："谁不是蚂蚁啊！你终于开窍了。"母亲说："开什么窍？你把我拉住干什么，害我没看清楚到底是不是米娅和我们家对面那个白人在一起？"

雨过天晴时，母亲已不再想那些往事了。她走下楼去，遇上隔壁老李，突然自己就神采奕奕起来。老李狐疑地望着她，心里想，这老太婆现在不把我放在眼里了，莫非有人帮她修电灯什么的了。老李看着她走出爱华公寓楼，想想自己像做梦似的喜欢了她那么多年，却连一个指头也没碰过她。那些义务为她做的重活儿,在她眼里好像都是理所当然,上次为了垃圾的事,还与他搞得不愉快。老李想:哼,我再不帮你干活儿了。

米娅下班回家时,唐人街上热热闹闹的,黄昏下的小巷子里,两个中国老太太正在窃窃私语,声音时高时低。米娅走到鞋匠摊时,遇上了爱玛和她的男朋友。爱玛梳着马尾辫,鼻梁上架一副近视镜,嘴里嚼着口香糖,一副幸福的表情对米娅说:"看电影去。"

爱玛的男朋友是和她一家医院的妇产科医生,穿着干干净净的白色细纹棉衬衣,看上去有点娘娘腔。米娅觉得爱玛找一个妇产科的医生做男朋友,有些不可思议。在她看来,一个男人每天与女人的阴道打交道,感觉上总不是滋味。不过米娅非常理解爱玛甘愿过平凡小日子的人生态度,不像她那么不切实际又好高骛远。有时她会想,自己和史蒂夫的恋爱是恋爱吗?她不知道,也不想知道。她只知道自己最最纯洁的初恋给了大卫,却换回了被抛弃的羞辱。

爱是什么呢?

母亲为女儿做了丰盛的晚餐,但米娅只草草吃了几口。自从进医院工作后,米娅与母亲的话越来越少。她站在窗前,望着史蒂夫家黑幽幽的窗子,就知道他不在家。她只知道他做经济工作,具体做什么却不知道。她一个人到小巷子里去散步,走了很多年的小巷子,点点滴滴的变化都在她记忆中。

从前,小巷子西口有一所小小的神学院,那是个种着冬青树的小院子,红砖的墙,里面的学生做晚祷时穿着白衫,声音袅袅地流淌着。每天听学生们唱赞美诗,小巷子里的人都觉得理所当然。在米娅的记忆里,里面曾经住过意大利修女。每次路过那里,她都会探头看礼堂拉着紫红色幕布的祭坛上穿着白色袍子的上帝像,还有阳光里漂亮的彩色玻璃窗上,闪烁着的灿烂光辉。后来这所小小的神学院变成了音乐培训班,朝朝暮暮都能听见学琴孩子的琴声。

米娅继续往前走去,心里的一些烦恼事在散步中逐渐消散。她走到一栋房子前,这栋房子有着宽大的台阶和卷拱门,还有烟囱立在屋顶的坡面上,很是独特。从前这里住着富庶人家,后来被分割成无数居室,搬进无数住户。天井搭出披厦,晒台加盖阁楼,楼体变得臃肿,小巷子变得嘈杂,再后来,有人家在郊区买了别墅,把唐人街的房子租出去,小巷子就成了三教九流会聚的地方了,不过,到了晚上,尤其是冬天的晚上,小巷子还是安静的。

在爱华公寓楼里,米娅走在麦琪租住的楼梯上,吱吱嘎嘎的楼梯旁放着一只脏兮兮的纸箱。米娅穿过二楼走廊,转弯时遇见与麦琪一起合租的那个叫赵红的女孩。那是一个十分漂亮的女孩,是从美国边远小镇来美术学院油画系做人体模特的,已经来华盛顿哥伦比亚特区两年了。她在这座城市里不停地为生存奔波着,全身心地追逐着金钱。她很快熟悉了大华府地区,知道了哪里有公园,哪里有女性用品商店,哪里有银行,哪里有夜总会;哪条街商人多,哪条街居住着上层人士,哪条街是贫民住宅区,哪条街是黑人区。米娅敲着麦琪的门,其实就是与赵红合租的屋子大门。赵红回过头来远远地、声音清脆地说:"她出去了。"

史蒂夫不在家,麦琪也不在家。米娅走出爱华公寓楼到唐人街上闲逛,这里沿街鳞次栉比的商家有美容店、服装店、五金店、洗熨店、理发店,还有墨西哥快餐店。墨西哥快餐店里生意不错,特别是他家的牛肉、西红柿、黑豆、玉米、生菜拌白米饭味道很好,米娅特别喜欢吃。

米娅骨子里童心未泯,有一股好奇心。她看见洗熨店一对年轻的华裔夫妻,丈夫熨衣,妻子收钱。收银柜前,架着一台十八英时的电视机。没有生意的时候,夫妻俩便痴痴地看着电视。米娅挺羡慕这样的小夫妻,知足恬淡。

三

那天忽然刮起大风,赶走了满天乌云,过后天空变得特别蓝。医院里的银杏树叶纷纷飘落。米娅查完病房,洗手时遇到护士长。她虽然与护士长搞不好关系,但总还应付得过去,不像麦琪那天和护士长当面争论了几句。麦琪和护士长产生矛盾是因为她看不起温州人。麦琪觉得这是对自己莫大的侮辱,她们就这么在心里种下了不友好的种子,当然表面上还是过得去的。

"我累死了。"护士长说。

"你在干吗?"米娅淡淡地说。

"昨晚我看书到两点半。"护士长得意地说。

"哦,你真用功。"

护士长转过头看了米娅一眼,两只手不停地揉搓着,然后说:"你会交好运的。"这是米娅进医院来第一次听她这么说话。米娅有点惊讶地问:"是吗?"护士长说:"当然。"米娅朝她笑笑,不说话。她轻轻地从米娅的衣领上,摘下几根落发。米娅突然感到一股温暖,觉得自己从前把护士长想得太坏了,不免有些内疚。

洗完手,米娅看见护士长找来一个大篮子,把脏针筒和针头收拾好装进篮子,送到楼下去。米娅正要下楼去,便和她一起走。下楼的时候,米娅用手摸着雕花木头扶手,护士长说:"我们医院还没有改成肿瘤医院时,这楼从前是肺结核病房。那时还没有特效药,肺病就像癌症一样,病人只能住在这里等死。"护士长说着用左手指着走廊尽头总是关着的门,道:"那儿从前是个祈祷室,让那些信仰基督的病人祈祷,现在改成仓库了。"米娅说:"哦,医院还有祈祷室,这真是太好了。"

米娅与护士长一边走一边闲聊。过了院子,她随护士长走进一条小路,小路中间有扇很高的紫色木门,推开门,屋里白雾蒙蒙,满是热腾腾的怪味。护士长把篮子放进去,里面的篮子已经排长队了。篮子旁边是一大堆换下来的病号服和床单被套,湿漉漉地散发着令人恶心的气味。米娅探头看里间,只见一只大锅冒着热腾腾的烂苹果气味,那气味令她晕眩。她忍无可忍地逃出去,从窗口飞出来的蒸汽,飘在小路上,水泥地也是湿湿的。墙内的大铁管喷着热烘烘的臭气。米娅快步走着,不知不觉走到一扇铁门前,那里面是医院的行政办公楼。护士长是医院领导班子成员之一,几乎每天都会到医院行政办公楼去。

黄昏下班时,天空中弥漫着一些黄黄的雾气,滞留着夏天最后的闷热。一缕混浊的阳光正好照在六病区楼房西面墙上的常春藤上,灰扑扑的墙面显得破败又苍凉。米娅脱下医生工作服,换上漂亮的裙子,独自走在医院的林荫道上,那平淡、幽静而潦草的路,是她下班惯常走的路。

远远地,大卫走过来。他高瘦而苍白,配上肥大的蓝条病号服,在黄昏中,给人以摇摇欲坠的感觉。米娅心头倏地升起一股说不清的情感。米娅挨着他的身体,闻到一股来苏水气味,他支撑着自己,紧紧地握着米娅的手。他的手不停地哆嗦着,整个人也在不停地颤抖着,他低着头轻轻地说:"你是我的小天使。"

米娅看到他眼里的泪顺着面颊一点一点地流淌下来。他似乎想拥抱她,但却哆嗦得越发厉害了。她扶着他,慢慢地朝前走,一直走到医院门口的大花园里。那里的花坛旁有两个小男孩,手上捏着鲜艳的小黄花兴高采烈地追逐着,差一点撞到大卫身上。那个胖一点的小男孩,冲大卫做个鬼脸,道:"I'm sorry."

大卫转过头来,那小男孩看到一张苍白的脸,怔了怔,慌忙地跑走了。此时的大卫瘦得吓人,和从前判若两人。米娅内心一阵怜悯,牵着他的手,往花园中心红砖铺成的小径走去。小径的地面上积着许多重重叠叠的落叶,踩上去,树叶会发出嚓嚓声。小径尽头有一片树林,那是一些多年没人打理的荒树,散发出阴凉和辛辣的树汁气味。不知为什么虽然看上去灰蒙蒙的,却有一种庄严感。

大卫突然从后面搂住了米娅的腰,米娅回转头去,心里酸酸地和他拥抱在一起。半响,大卫细细地端详着米娅,用苍白而精瘦的指头轻柔地在她脸上画着弯曲的眉毛。米娅默不作声,心里装满悲哀。他们沿着红砖小路,绕过盘根错节的高大树木回到病房,而此时,护士长正站在六病区楼房的大门口,冷冷地打量着他们。

这晚米娅回家,从公交车上下来时就像梦游一样,竟然走过了自己的家门口。回忆就像洪水一样汹涌,五花八门的片段冲击着她的头脑。她仿佛看见四岁在上海的时候,母亲系在她脚上的一个涂银铃铛。那时母亲年轻,中气十足,嗓音总是格外洪亮。那时母亲常买豌豆回来,豆荚子里的豆子有三种颜色:红、蓝、绿。有一次母亲剥开那些豆荚时,有一条蝮蛇在她眼前悬空游动,天上乌云重重,倾盆大雨顿时哗哗落下来,她大叫一声:"米娅回来。"

米娅在回忆和想象之中驰骋着,一辆自行车从她身旁侧身而过,差一点撞到她身上。她这才发现自己早已走过了家门口,于是赶紧往回走。回到家里,母亲正在厨房炒菜。一股浓烟从微波炉上的排风扇里吹出来,熏得母亲大声咳嗽。这时米娅将一盆玫瑰花放到窗台上,史蒂夫便从对面窗子里探出头来和她打招呼。他们已经很久没有这样对着窗子打招呼了,他们的恋爱像划不快的船,总是走走停停,或者说根本没有进展。米娅很羡慕小巷子里那个弹琴女孩能远嫁法国,自己好像没有这么好的运气,不过她还是趴在窗口与史蒂夫闲聊着,以致母亲从厨房端菜出来也没察觉。

这会儿,母亲证实了自己上次没有看花眼,原来女儿确实在与对面那个洋人谈恋爱。母亲忽然火冒三丈地说:"你和那个洋人谈恋爱了?"米娅转过身看见母亲气势汹汹的样子说:"你干什么,聊天还不行吗?"母亲说:"不要以为我不知道,你隐瞒我什么,你当他会娶你,他是在玩弄你?"米娅说:"你说到哪里去了,讲这么难听?"母亲说:"我怎么看他都不像个好人。"米娅不再回答母亲,摔门而走。

"真是作孽啊!"母亲冲女儿的背影说。

母女又一次闹僵了。母亲看着自己辛辛苦苦做好的饭菜,不免又气又悲伤。女儿在自己的眼皮底下,与对面的洋人好上了,母亲觉得自己没有管好女儿,很懊恼。母亲站在窗口,眼睛毒辣地盯着对面窗子,骂着洋鬼子、猪头三、寿头、死尸。而这时史蒂夫早已把窗子关得紧紧的,他知道对面那老太婆不是好惹的。

米娅摔门走后,去了麦琪租住的屋子。她明明知道麦琪值夜班,但她喜欢与麦琪合租屋子的赵红聊天,聊着聊着才知道她也是上海女孩。这个上海女孩身上充满活力。此时,赵红邀她去酒吧。她们很快来到唐人街上的一家酒吧里,坐在一盏幽蓝色的灯光下,米娅要了一杯红酒,想一醉方休;赵红也要了一杯红酒。两个女孩喝酒聊天,聊得非常投缘,很快就成了好朋友。

后来,米娅醉醺醺地回到家,发现母亲一直在等她,觉得过意不去。母亲见她回来了,也不说什么,母女互不搭理。第二天一早,米娅没吃早饭就匆匆上班去了。母亲心疼地望着她的背影,叹气道:"唉,我也是为你好啊。"

这天米娅被轮到门诊手术室上班。门诊基本都是小手术,又忙又累却是积累经验的好地方。一个十三岁的男孩脑外伤,米娅立刻专注地投入抢救中,大约半个来小时,手术就完成了。米娅已协助住院医生做过几个大手术,但自己真正主刀的一个小手术还没有。不过快了,她已通过了住院医生的培训考试,再过几天医学院一毕业,她就是这家医院的实习医生了。一年的实习期过后,她就是名正言顺的住院医生了,这让她的心情愉快起来。

一个多月后,当上了实习医生的米娅,接到一个因车祸而昏迷的波兰女孩。这女孩身上到处是血,嘴唇颤抖着。她让女孩去拍片,但内心却不愿看到拍片的结果,因为她知道女孩很可能会失去一条腿,而这是她不愿意看到的结果。

拍片的结果出来了,女孩的右腿已经粉碎性骨折,必须立即截肢。米娅为这个女孩的命运担忧。女孩的母亲已经去世,她的姐姐听说要锯掉妹妹的右腿,道:"能不能不锯?"米娅冷冷地回答:"不能。"女孩的姐姐顿时陷入绝望。而此时,女孩自己还不知道将会失去一条腿。

米娅知道这女孩是艺术学校舞蹈班的学生,在此之前,她的足尖每天都在旋转,双腿每天都在腾跳。失去了右腿,她将如何舞蹈呢?

人生的舞蹈并不容易跳。

走出手术室,正是下班时间,米娅回病房更衣,穿过205病室时,那个七床的病人正在咳嗽。他的脑癌已扩散到全身,癌细胞就像鱼鳞一样生长,而他的咳嗽声,仿佛冲撞在一块镀锡铁皮上的钳子。米娅在205病室停留了一下,发现七床病人咳嗽完目光就死死地盯住天花板。天花板上什么也没有,可他偏说上面有一群飞蛾在来回飞。也许人之将死,总会看到一些将死的生物,而飞蛾也许就是七床在癌细胞扩散后感知到的生物。米娅没有惊动他。

米娅继续朝前走时,听见有人喊她。她转过头,看见护士长正冲她笑嘻嘻地:"告诉你个好消息,明天上午九点你被主任安排在第二手术室主刀。"米娅惊讶地问:"真的?"护士长说:"刚定的,怎么会假?"米娅有些激动,一脸兴奋地直奔主任办公室。主任说:"我正要通知你呢!"米娅激动地说:"我很感谢您给我这个机会,更感谢您对我的信任。"主任说:"明天大卫的手术你主刀,我相信你能胜任的。"

米娅"啊"了一声,没想到主任让她给大卫主刀,这太难为她了。她不知道自己是否有十足的把握,如果失败也就意味着她将失去做一个优秀医生的机会和资格。米娅想到失败,心里顿感紧张和恐惧。

　　回家的路,米娅走得格外沉重。母亲已做好饭菜,但她什么也吃不下。母亲以为女儿还在生她的气,便和蔼地说:"我也是为你好。"米娅没理睬母亲,只管捧着一本医书翻阅。母亲又说:"吃饭吧,不能饿着肚子。"米娅说:"我明天要做大手术,吃不下饭。"母亲朝她看看,生怕她又发脾气,不敢再接话,慌张地回自己房间去了。

第五章　主刀的机会来了

一

米娅在家看了一会儿书,惶惶不安地又去了医院。她知道主任值夜班,无论如何要与主任再研究一下手术方案。但又不能显露出自己太多的不安,必须让主任感觉她胸有成竹。然而,到了医院,她见主任正忙得不可开交,便不想与他讨论了。她想,大卫是她的病人,与主任讨论只会被他发现自己的不踏实。于是她转而来到大卫的病床前,大卫一见到她就说:"别怕,你一定会成功的。"

大卫毕竟是医大解剖老师,他详细地与米娅讨论了手术方案,以及从什么地方切入等细节。仿佛明天他不是砧板上被斩的"鱼",而是一位协助医生。有一瞬间,米娅觉得大卫是真心爱过她的,从前抛弃她一定另有隐情,但她很快清醒过来,心想,如果他不病成这样,也许路上碰见她都如陌路人一样。她仿佛看穿了一切,突然情绪低落起来。

与大卫道别后,米娅满脑子都是初恋时的场景,时而激动,时而愤恨,心老是静不下来。晚上,她翻来覆去睡不着,起来吃了两粒安定,才模模糊糊睡去。睡梦中,米娅噩梦连连,醒来后仿佛大难即将降临,内心充满恐惧和慌张。

一早,米娅来到医院做手术前的准备工作。一切做完后,主任让她到医生休息厅休息,以便开刀时精力充沛、头脑清醒。这时麦琪在休息室找到了她,笑嘻嘻地对她说:"你们真是一对冤家,怎么就轮到你给他做手术呢?"

米娅说:"他是我的病人,我不做谁做?"麦琪说:"祝你成功!"米娅说:"很有压力的。"麦琪说:"压一压就压出来了。你比我强。护士长看不起我这个留学生,老是在主任那里说我的不是,看来我是没有出头之日了。"米娅安慰道:"你已经医学院毕业,与我一样是实习医生了,日后的机会肯定很多。"

麦琪本来想和米娅谈谈那个盯上她的大老板周强,但一想到米娅马上要做手术,便把到嘴边的话咽了下去,并且知趣地离开了医生休息厅。米娅见麦琪离去,又默默地在心里操练手术程序。她觉得自己已经操练得滚瓜烂熟了,对手术的成功也有了信心。差十分九点时,米娅换上手术服,手术小组的成员也都换上手术服。这个小组由一名医生、一名麻醉师、三名见习医生、两名护士、两名循环护士组成。米娅走进第二手术室时,病人已躺在手术台上了。她要让自己尽量做到冷静、沉着、放松；做到全神贯注，一丝杂念都没有。

第二手术室是一间比较大的手术室，它的现代化设备齐全，米娅多次协助主刀医生在这里做过手术，但这一次与以往不同，这一次是她主刀，而且又是她的特殊病人。现在麻醉师正在给病人打麻药。米娅做好了一切准备，深深地吸口气，然后点点头，手术开始了。米娅有些心跳加速，但第一刀切下去，她便不再紧张。她熟练地操作着，只是大卫的肺癌已经扩散，回天乏术了。

"海绵……"

"夹钳……"

一开始，米娅还能全神贯注地指挥她那双灵巧的手，然而不多久，她的脑子里突然闪现出从前与大卫在医学院解剖实验室的场景，接着又是相恋时爱恨交加的场景。她的脑子开始混乱起来，开刀的手也因此有些许哆嗦。幸亏手术已进入尾声，刀口缝合时，她的鼻尖冒出点点汗珠，缝得相当潦草。手术终于完成了，谈不上失败，但也不能说成功。大卫睁开眼睛朝米娅笑笑，然后被推回病房。

米娅脱掉手术服，回医生办公室时，路过病房看见那位患胰腺癌的"西红柿"，正因为吃了一点梨，呕吐得一塌糊涂。那"哎哎"的声音就像一只受伤的猫在哀叫，听得米娅腮上的汗毛一阵阵竖起来。"西红柿"其实并吐不出什么东西，护士拍着她的背帮她靠在枕头上。她仰在枕头上，继续干呕和呻吟，眼睛却非常灵

81

活地四下里寻找着什么,手摸到床垫上的补液管,捏了捏又放开。米娅在医院这些年,还没见过哪个垂危病人有这么灵活的眼睛。她向米娅微笑了一下,笑得非常苦涩。

米娅刚想转身,"西红柿"便昏了过去。护士长推着一辆急救小车给"西红柿"查心电图。屏幕上有个绿点滴滴跳动,又上又下,"西红柿"那颗心还在跳动。米娅冷不丁看见歪在枕上的"西红柿"嘴唇灰白,焦黄的脸上泛出一片咖啡色的老人斑,然而那双睁着的眼睛,却像剑一样寒气逼人。米娅哆嗦了一下,发现"西红柿"是睁着眼睛昏迷的。这个从前和她生活在一条小巷的邻居,匍匐在一大堆机器中间,像头受伤的野兽。

回到医生办公室,米娅喝了一口水便到大卫病房去了。她的心咚咚地跳着,仿佛自己在手术中做了坏事。一种自责像大风里的碎纸,飘舞着掠过她的脑海。她想象着死亡,觉得死亡附在一个人身上时,这个人就变得狰厉可怕。米娅想着大卫有一天也会像"西红柿"那样,不免黯然神伤。

大卫靠在枕头上,脸上冒着虚汗,床边的痰盂边上有些血,床头柜上的棉球蘸着黄药水和脓血。大卫闭着眼睛不说话,但米娅还是能感到他的绝望和怨恨。米娅不知道说什么好,对这样的晚期癌症病人,除了眼睁睁看他疼痛,被疾病折磨,别无他法。人病到这种程度,还有什么办法呢?她在他的床前待了一会儿转身出去后,听见"西红柿"的呻吟声,她的主管医生,正为她忙得团团转。

中午时分,米娅到医院食堂吃饭,食堂里没有她喜欢吃的东西,她索性到医院外面的越南米线店吃牛肉米线,这家的米线比唐人街的越南米线店便宜一美元。米娅一吃米线,情绪就好起来了,但是米线吃完后,她又想起"西红柿"那双剑一样寒气逼人的眼睛。走出越南米线店,突然刮起了大风,狂风在她头顶呼啸,不住地撕扯着她的头发。她朝医院走去,路过太平间门口,一股阴森的死亡气息包裹着她。

走进病房,米娅看见"西红柿"的病室里有护士正在忙碌地工作。一会儿,护士长出来告诉米娅,"西红柿"死了。米娅浑身打了一个寒战,怎么说"西红柿"也是她的邻居。于是她走进"西红柿"的病房,仔细观察了一遍。病房里弥漫着阴森森的气味,让她的牙齿直打哆嗦。接着,她听到一辆吱嘎吱嘎的接尸车来了;"西红柿"被裹在小小的白布包里,伴着吱嘎吱嘎的声音远去了。

走在回家的小路上,秋天的风呼呼地吹着米娅。她慢慢地走着,近在咫尺的家仿佛汪洋中的一只孤舟、黑暗里的一座古庵、沙漠上的一片废墟、盛筵席的纸花和雕刻。她觉得守着母亲一个人,生活过得实在太乏味了,而她自己也遇不上好男人,大卫是这样,史蒂夫也是这样。她所追求的那种纯洁的爱,在他们身上压根儿没有。也许母亲说得对,他们不过是玩弄女性罢了。

米娅跨进家门就看见母亲穿着睡衣睡裤,一脸憔悴地在水池里洗菜。母亲这两年老得特别快,头发已经花白了。米娅突然心疼起母亲,心里想着应该对母亲好一些,但在母亲面前又很难改变从小到大的习惯。米娅发现母亲这段时间不大和陈姨在一起,有时也会和她说一些陈姨小气,以及借了东西不还之类的话。米娅心想,母亲若与陈姨闹僵,那她就一个朋友也没有了,一个退了休的老女人,整天待在家里,如果没有朋友,那会多么寂寞,心态也会越来越不好。米娅对母亲说:"这都是鸡毛蒜皮的小事,也值得计较?"母亲说:"你怎么胳膊护着外面?"米娅说:"本来就是小事嘛,你气量大一些不就没事了?"母亲没再吭声,低头洗菜。

隔壁李伯伯的妻子张岚,打扮得漂漂亮亮地从屋子里出来。米娅家的大门没有关,她闻到一股刺鼻的香水味,知道张岚又去舞厅跳舞了。米娅觉得这个五十多岁的女人比她还充满活力,日子过得有滋有味。李伯伯与妻子张岚完全是两种不同类型的人。李伯伯拿妻子张岚没有一点办法,只能做家庭妇男。米娅想,李伯伯自己管不住妻子,却老是窥探她和母亲的隐私,真是一个让人讨厌的男人。

米娅站在窗前,不用再搬出玫瑰花放到窗台上做暗号了。自从母亲发现了她和史蒂夫的恋情后,史蒂夫不出一周就搬走了,消失得无影无踪。米娅苦笑了一下,望着对面敞开的窗子和空空的屋子出神。她想,下一个该是谁搬进来呢?

二

冬天又来临了。华盛顿哥伦比亚特区虽然寒冷,但因为公寓楼里24小时有暖气,室内都是温暖如春的,当然,为了节省电费不开暖气就另当别论了。那天她和麦琪正好同一天休息,约好一起去教堂。米娅知道,麦琪正为如何摆脱周强的纠缠而绞尽脑汁,她已被他纠缠很久了。虽然他们也有过美好的时光,但周强逐渐显露的满身酒肉气,让麦琪非常厌烦,她几次提出分手,结果是周强派保镖加强对她的"保护",麦琪就像落入了魔掌,有一种插翅难飞的感觉。现在米娅和麦琪各怀心事,来到教堂祈祷。

从教堂出来,米娅和麦琪来到华盛顿的威斯康星逛街。威斯康星新大道上的一些商家是浪漫而典雅的欧洲风格,希腊式的墙雕、廊柱式的门庭、宽大的人行道,加上商厦和精品屋里那些漂亮小姐训练有素的职业微笑,都让她们感到新鲜而快乐。这里是女人的天地,那些做工考究、设计精湛的名牌服装,让她们爱不释手。

米娅经过久久的犹豫和选择,在一家中国台湾人开的商店里,寻到了一件铁血红大衣,非常喜欢。那家的老板口才好,把自己的商品说得头头是道。米娅觉得有些贵,便讨价还价了一番。老板说:"这是羊绒面料,你穿着一定很显气质和风度。"

米娅说:"可是这个价格我们消费不起,便宜些怎么样?"老板说:"打五折。"米娅说:"也太贵。"老板说:"给你最低价,四折吧!"米娅想了想说:"好吧!"老板道:"我对老顾客也没有这样优惠,看你气质好,才给你这个价。"老板表露出一副大亏的样子,逗得米娅和麦琪都笑了起来。

两个人满载而归时,心情都不错。走进爱华公寓楼时,米娅先到麦琪租住的屋子坐了一会儿。那个与麦琪合租的女孩赵红,在门上贴着一张她在美院做裸体模特的大幅照片,米娅觉得赵红很前卫,也很新潮。

　　坐在麦琪的房间里聊天,两人从服装一直聊到各自的隐私。麦琪说:"我恨不得把那个周强杀了。"米娅说:"他威胁你,你可以报警。"麦琪问:"这也算犯罪吗?"

　　米娅一时语塞。

　　麦琪显露出一种困惑。

　　米娅从麦琪家出来已是黄昏,家家户户都在忙炊烟。母亲围着围裙正在烧糖醋排骨,而隔壁老李又在炸酥鱼了。米娅闻到炸酥鱼的气味,就会馋涎欲滴。所以尽管她越来越讨厌隔壁老李,但只要闻到炸酥鱼的香气,还是非常迷恋这样的人间烟火气。其实,母亲和隔壁老李时常为一点鸡毛蒜皮的事情争论不休,每当这时,母亲就会骂:"老头子,要死啊!"隔壁老李就回嘴说:"老太婆,你太啰唆了。"

　　母亲被隔壁老李骂成老太婆,心里很是不甘,那天她去理发室烫了头发,还把头发全染黑了。母亲见米娅买了大衣回来,说:"你看我的头烫得怎么样?白发没有了,年轻一些了吧?"米娅笑笑说:"你本来就不老,现在人家八十多岁还不服老,你才六十岁出头,老什么?"

　　母亲"噢"的一声,冲隔壁老李说:"你看你,我叫你一声老头子是看得起你。你倒好,骂我老太婆。"隔壁老李说:"哼,只许州官放火,不许百姓点灯。你当你是什么?"母亲说:"我是我,你这个老头子想干啥?"

米娅无心理睬他们的斗嘴,捧着新买的大衣进自己的房间去了。她对着大衣橱试穿了一下,觉得确实不错,到底是一分价钱一分货,半个月的工资呢!试穿完大衣,她小心翼翼地把它挂到了大衣橱里。第二天一早上班,她舍不得穿这新买的漂亮大衣,还是穿着旧大衣上班去了。

走进病房,米娅听见接尸车吱嘎吱嘎的声音,心头一紧,该不会是大卫吧?米娅穿上医生工作服,先去大卫的病室看他。大卫的眼神出乎米娅意料地清澈而明亮,恍若万里无云的蓝天。米娅进去的时候,大卫的眼睛里更是冒出闪亮的光,一如他们相恋时的样子。米娅被这目光一瞥,浑身有点麻酥酥的,从前的爱和恨又在她的心中荡起。

看起来,大卫的危险期已经过去了似的。查房后,米娅让护士给大卫擦身子、洗脚,然后换衣服和床单。米娅站在一边,也帮着护士挪动一下床单什么的。大卫这时的身体,让她想起小时候又破又皱的布娃娃。米娅望着他的前胸和后背,那是她曾经非常熟悉的地方,她的耳边又想起了大卫说的"你是我的小天使"的声音。然而一种美好的东西,瞬间就不见了。为了那瞬间的美好,人却要付出沉重的代价。

米娅从沉思中回过神来,看见大卫蜷着两腿。这样的姿势显出他下陷而狭小孱弱的骨盆。护士毫无表情地把他的膝盖压下去,还让他转过身去,以便帮他擦拭臀部。他的臀部尖尖的,已经皮包骨头了。米娅有些怜悯地看着大卫,护士收拾停当后,大卫盖好新换的被子,露出了一丝笑容。

　　回到医生办公室,米娅去水池洗手,她刚洗过的手是那么晶莹美丽。她举起双手,在窗前太阳光下看着自己漂亮的手,不免想起母亲的手。母亲的手与她的手有着天壤之别。

　　午后,米娅又来到大卫的病房,发现大卫的精神一下好了很多,他自己把胡子和鬓角刮得干干净净。窗外的天空是万里无云的蓝天。大卫久久地望着蓝天,仿佛蓝天就是一双巨大无比的眼睛。米娅不知道与大卫说什么好,默默地站了一会儿,随后就有病人来找她了。

　　接连三四天都是好天气,到了周末阳光越发灿烂了。空气里充满被阳光和严寒滤清的锐利与透明。走廊也被阳光照得明亮如镜。米娅一走进病房,就看到了那辆白色的急救小推车。病房里几乎每天都有急救的病人,哪一床又要急救了呢?

　　米娅到更衣室换上工作服,便急匆匆地去看大卫。大卫躺在床上,阳光洒落在白色的被子上。一根醒目的病危红布条系在床架子上。氧气瓶的管子,插进大卫的鼻孔,吊得高高的补液架上的输血瓶,正一滴一滴地给大卫输血。

　　这情景不可避免地出现了。

　　米娅站在门口,交接班的医生说:"大卫凌晨两点突然昏迷,颅内出血,全身并发炎症,怕是不行了。"米娅惊慌地走近大卫,望着大卫那双寒意凛凛的眼睛,只觉得噩梦真的到来了。

大卫的脸泛着死人般的白。他的眼睛很平静地睁着,头发蓬着,像盛开的花朵。心电图上那个代表大卫心跳的小绿点不断地掠过。大卫还活着,只是他一动不动,也许在想着最后的心事吧!也许他要向她倾诉临终遗言?米娅脑子乱哄哄的,有点神思恍惚。然而,大卫还是一动不动,强心针用了依然没有反应,阳光照出了他脸颊上微微倒伏着的汗毛,他的呼吸变得越来越微弱了。米娅十分悲伤地把大卫的眼睛翻开,想说什么却没有说。

这时大卫突然睁开眼睛,眼神越过床架,吃力地落在米娅的脸颊上。米娅吓了一跳,但她知道此刻的他已经没有视力,许是他的灵魂想与她说话。她悲泣地说:"大卫,你会好起来的。"大卫想说话,但根本发不出声。米娅觉得他一定是在和她说:"我曾经把你抛弃,对不起。我走了,出远门去了。你要学会自己照顾自己,嫁一个好人。"

忽然大卫头一歪,没有了呼吸,他的眼睛还是睁着,眼角的鱼尾纹被太阳照得金波荡漾。这时心电图上的小绿点不再跳动,已变成一条直线。大卫死了。

米娅呆呆地望着他,发现他的脸依然有从前的英俊气。米娅愣愣地看着大卫渐渐变成石雕一样硬的躯体,她无法想象灵魂离开肉体之后,肉体所呈现出来的沉重和冰凉。此刻,护士长关上心电图,收拾起心电图的那堆电线,并且清点针筒、器械等东西,而米娅则打开了窗子。

窗外园子里落叶纷飞,光秃秃的树木枝丫间是一片碧蓝的晴空,静静的,没有云,没有鸟,没有声音。米娅仿佛感觉到一股轻柔的东西从她背后飘向窗外的天空,那会是大卫的灵魂吗,像一缕青烟飘飘袅袅而去?

米娅有一种不想让大卫离去的感觉,她握住了他的手。他的手刺骨冰凉,而且很重。米娅把他的双手摆平,双脚并拢,让他像睡着了一样。不一会儿,一辆吱嘎吱嘎的接尸车来了。太平间的老头儿很快把大卫抱到尸车上,米娅立即跑到办公室开死亡证明。太平间的老头儿拿着死亡证明,面无表情地下楼去了。米娅跟在尸车后面,下楼后迎面扑来的是冬天凛冽的空气,但太阳依然灿烂。

摇摇晃晃前进着的尸车让大卫的尸体不断颠簸着。在经过了落叶堆后,尸车才开始平稳起来。米娅走进停尸间,太平间的老头儿拉出停尸间里的白铁冰箱,然后将大卫抱到冰箱里,"嘭"一下关上了冰箱的门。米娅突然哭喊道:"大卫……"太平间的老头儿说:"你是他什么人?"

三

大卫去世后,米娅的心空荡荡没着没落,情绪十分低落。为了排遣这低落的情绪,米娅约赵红逛街。她觉得与时髦女孩赵红在一起能紧跟时尚,让从小生活在华盛顿哥伦比亚特区,无论从哪个角度已经感觉麻木了的她,用新视角、新观念发现华盛顿哥伦比亚特区的美,如世界游客般站在午夜橙黄色的路灯下,带着微微的醉意发出"真美"的感叹。现在的华盛顿哥伦比亚特区,除了政治,无论尖端的还是传统的、时尚的还是平庸的、本土的还是舶来的,任何城市元素都能在这里找到自己的位置。

那些夜晚倾巢而出,频频出没于城市各种时尚聚会的人们,往往是白领、艺人、无业游民和时髦青年。他们中的某些人像赶夜场般地从一个聚会赶到另一个场所。米娅从前与史蒂夫去过几次舞厅,那种脚碰脚、脸贴脸的场景并不让她感到奇怪。那几天,她与赵红出入舞厅、酒吧、商厦,感受着时尚的新潮流。

从舞厅出来,米娅已经搞不清自己与多少陌生男人脚碰脚、脸贴脸地跳过舞了,也搞不清自己喝了多少杯酒,她只感到那种发泄令她非常痛快。她觉得自己从没有这么开心过,与时髦女孩赵红在一起,让她感到了青春的激情。晚上回家,酒精还黏在她脑膜的意识层上。这些刺激性的小东西像一朵朵褐色腐败的花,开始在她青春的日子里与肉体相克相生。母亲见她喝得醉醺醺回来,懊恼地说:"你怎么这样晚回家,还喝酒了?"

米娅没理母亲,躺在床上茫然地盯着天花板。她现在既没有情人也没有恋人,生活就像坠入一个无底的黑洞,心里不免羡慕起新婚不久的爱玛。但她自己又不愿意接受那个北卡来的唐医生对她的追求。她心里看不起唐医生,每次唐医生向她靠近,她都极力回避并心生厌烦。

想起从前与史蒂夫不太真切的恋爱,米娅在被窝里回忆着那些点点滴滴。爱情在无望地摇曳,情人的声音像一粒有毒的尘埃,靠近后最终的结果是远离。米娅不知道史蒂夫去了何方?她没有史蒂夫那么绝情,心里有一日夫妻百日恩的感觉。这夜,她翻来覆去睡不着,起来吃了两片安定方才迷迷糊糊入睡。睡梦里是一片杂乱的景象,火车头轰隆隆地奔向远方。梦没完没了,像一大摊从坏死的腹腔里流出来的浓汁。

梦的镜头就像电影一样,快速地切换着。米娅梦见自己走在夜晚的小路上,高跟鞋敲击着水泥地发出脆响。月光下,小巷子无声无息,像一截枯死的小肠,散发着令人窒息的恐怖。她奔跑起来,跑过一栋栋房子,跑过电线杆和小花坛,有人在她背后喊她,她猛回头,身后却空空荡荡,寥无人影。她继续奔跑,喊她的声音又在耳畔响起来。她知道那是史蒂夫的声音。她停下脚步,茫然四顾,声音在夜空里回荡,听上去像垂死的呻吟。她跺着脚,大声地喊道:"我在这儿。"

米娅被梦里的一声叫喊惊醒过来。这时窗外已泛出鱼肚白,爱华公寓楼里分外寂静。她摸摸自己的脸,湿湿的,是那种泪水流淌下来的湿。她知道自己在梦里流泪了,却不太清楚泪到底为谁而流?

唐人街的早晨总是热闹嘈杂的。一大早,小巷子里就有提着鸟笼的老头儿送来清脆的鸟啼声。日常生活的气息带着亘古不变的尘埃,开始了新的一天。米娅起床时,望着床对面墙上的年历,发现圣诞节即将到来。

又是一个晴朗的日子,早上刚过七点便有灿烂的阳光洒下来。休息天米娅无处可去,就在小路上来来回回走。这是她走了二十多年的小路,她闭着眼睛也能把长长的小路走完。路两旁两层或三层高的法式老房子虽已破旧不堪,但仍依稀可见当年的精致模样。米娅最喜欢看这些老房子上高高的、美而无用的烟囱,还有灰色的墙上那攀缘着透迤向上的常春藤,只是小巷子电线杆上的电线横七竖八太不雅观了。米娅有时想,这首都华盛顿特区简直比上海落后太多了。她心里巴不得早点拆除这些破旧的房屋,让唐人街焕然一新。

广东佬水果摊附近的那家住户破门开了一家快餐店,已经经营快一年了,店主是福建来的,叫廖斌。他先前在唐人街得月楼酒家打工,整天看上去脏兮兮的,还对女人色眯眯的。从前,母亲还算年轻的时候,对他避之唯恐不及,可自从他开了快餐店,母亲三天两头去买快餐,有时还和他张三李四地聊一些八卦。

廖斌的快餐店门口支着一把大大的遮阳伞,各种荤素搭配好的盒饭依次摆在一张长条桌上。附近打工的墨西哥工人,以及那些不愿做饭的女人都来买盒饭。六美元一盒,也不算贵,米娅不在家的时候,母亲就到廖斌这里买一盒六美元的盒饭吃两顿。她省吃俭用,就是想日后给女儿的嫁妆能体面一些。自从她拆散了女儿和那个洋人的恋爱,女儿的对象就让她着急起来。那天母亲看到有则广告说,某华人社区有一个相亲活动,她便蠢蠢欲动,想着与陈姨约个日子去一趟。陈姨的女儿也一直没找到合适的对象。后来陈姨家里有事,母亲一个人又不想去,便没有去成。

圣诞节前的平安夜,米娅给赵红打手机,但迟迟没人接。她又去赵红与麦琪合租的居室找,麦琪说:"赵红两天没回来了,会不会被人谋杀了?"麦琪这么一说,米娅便害怕起来。她想,赵红去哪里了呢?即使回家乡,微信里也应该能看到,更何况她们还约好圣诞节去酒吧。米娅说:"那应该报警。"说着就拨通了911,报了警。

圣诞节晚上,米娅哪里也没有去,一直想着赵红的下落。她已经很久没有看对面窗户了,那里曾经住着她的情人——大卫和史蒂夫。不知什么时候,那里搬进了一对同居者,他们吵架时,常会有玻璃的破碎声和身体的撞墙声,还有女人的哭泣,以及歇斯底里的叫喊飘出窗外,传到米娅的耳朵里。被迫听这样的吵闹声很无奈,米娅只好每天把窗子关得紧紧的,尽量降低对面声音的干扰。

说来奇怪,自从"西红柿"和大卫先后去世后,这医院的病房对米娅一点吸引力也没有了。除了查房,她很少去病室,但是坐在外科医生办公室,那个唐医生便会千方百计靠近她,让她厌烦极了。她想她无论如何不愿像爱玛那样,找个自己医院的男人做丈夫。那种夫妻日日夜夜在一起的生活,还有什么新鲜感和魅力呢？她认为相爱需要一定的距离,距离是产生爱的根本元素。

母亲和陈姨相约回上海的那天是清明节前夕,她们说走就走,一周后两个人就到了上海。米娅以为母亲去上海是给父亲和爷爷奶奶上坟。确实母亲很多年没回去了,米娅也很多年没去上坟了,想必父亲在阴间一定会责备她们的。那天,母亲一大早就和陈姨赶飞机去了。母亲多年没回国了,心里怀着对故乡美好的向往,她也希望自己百年后葬到上海,与早已去世的丈夫一起在阴间团聚。

母亲飞上海的那天,米娅正好值夜班,所以她一直睡到中午才起床。起床后,就接到母亲从杜勒斯机场打来的电话,关照她出门要关好门窗,检查煤气和水电,米娅"噢噢"地一边应着,一边打开音响和电视机,让家里能有一点声音。

中午时分,米娅走在唐人街上,整个身体洒满亮晃晃的阳光。她到廖斌的快餐店买了盒饭回来,然后狼吞虎咽地把午饭吃完,捧起一本书看起来。中午的爱华公寓楼里安静极了,有一种死一样的沉寂。米娅忽然又想起赵红,很久没她的消息,也没警方的消息,这着实让她有些焦虑不安。她回想着与赵红的几次约会,那蓬勃的青春气息,让她感到活力四射,感到时代的列车正呼啸着前进,而个人的力量却是那么地渺小。

晚上七点上班,米娅五点就出发了。她朝着地铁站方向走去,两边鳞次栉比的建筑群巍峨耸立。玻璃幕墙在炫彩的晚霞中放射出耀眼的光芒。威斯康星大道就像一条五彩斑斓的河流,疾

95

速流动着、奔涌着。米娅脚步轻快地走在大街上,对着两旁的橱窗和广告东张西望。有漂亮女人挟着香气,挽着男人的手从她身边走过时,她会情不自禁地回过头去,痴痴地望着他们的背影。

第六章　母女之战

一

母亲和陈姨回上海后,又相约去了杭州万松书院给女儿们相亲,回华盛顿哥伦比亚特区后,各自攥着一张她们看中的小伙子的照片。当然,她们也是从对方母亲那里交换来的。母亲几次趁着米娅心情好的时候,想摸出照片与女儿谈谈她的终身大事,可往往是还没开口,女儿就嫌她烦,不理睬她了。时间一长,母亲觉得,家长替孩子相亲确实靠不住,也就放弃了此念头,可女儿的对象,总是搁在她心里的一桩事情。

赵红失踪后,警方一直没有破案。米娅总是往好处想,可事情并非如她想象的那样。那天麦琪告诉米娅赵红的案子破了,凶手已捉拿归案。麦琪说:"没想到赵红竟然是被 Uber(优步)车司机杀害的。"麦琪说着递过去一张报纸,上面醒目地登着赵红的照片与遇害情况。米娅看后说:"真是不可思议,为多收几美元,就能害一条人命,而赵红平时大手大脚,怎么就不肯多付几元钱呢?"

　　自从赵红遇害,有很长一段时间,麦琪除了值夜班,晚上都闭门不出。但如果周强来找她,她就不得不去,有时还眉开眼笑的。麦琪摆脱不了周强的骚扰,关键是她自己也搞不清楚到底是爱他还是恨他。见到周强西装革履、温文尔雅时,她又满心喜欢。毕竟他除了性要求和派保镖看管她,其他方面对她都不错。那天,周强约麦琪去乔治城一家宾馆二十六层观月台的景观中餐厅吃饭。晚上六点,麦琪下班后精心打扮了一番,穿着一身黑色薄绒衣裙,头发梳得光溜溜的,一派青春激荡的风姿。她走到医院门口时,周强的豪车已经等候在那里了。

　　"你这一身真漂亮。"周强轻轻地说,显得很谨慎。

　　"是吗?"麦琪柔声细气地问。

　　周强为麦琪打开副驾驶座的门,麦琪心里感到一股温暖。车子很快到达宾馆,麦琪和周强款款走进电梯,从二十六层的电梯出来就到了观月台的景观中餐厅。这里是一家粤菜馆,有香港一流的名厨掌勺。麦琪和周强临窗而坐,窗外,华盛顿哥伦比亚特区的景色一览无余。

　　桌上的菜肴非常丰盛,葡萄美酒夜光杯,还有眼神和微笑都传达着雷达般的信号。麦琪忽然有一种新鲜感,一种物质享受的快感,她喝了不少法国葡萄酒。这一顿饭,她和周强足足吃了两个多小时。周强脸上露出一丝狡黠。酒足饭饱后,他们在宾馆开的套房里过夜。麦琪已与他住过许多间宾馆的套房,但这家宾馆的套房还是第一次住。

两个人一起洗澡是他们必需的程序。赤裸的麦琪,有着令人心醉的身材和风姿,有着像瀑布一样飘洒的、漆黑的头发。此刻,浴缸就像母亲巨大的子宫,任他们在透明的水里遨游。他们用温暖的大红色浴巾触碰着彼此的身体,在洗濯身体的同时,抑制不住心里如火如荼的激情。麦琪与周强在一起时,既快乐又懊恼。她反感周强把她当成性工具,但又经不住和他在一起时物质享受的诱惑,所以她总是处在幸福与痛苦之中,摇摆不定。

第二天一早,周强开着豪车一直把麦琪送到医院大门口。医生和护士中,有的说麦琪被大老板包养了,有的说麦琪是一双破鞋。这些议论不时传到米娅耳朵里,她总是一笑了之。米娅自从赵红遇害后,常常神思恍惚、心神不定,仿佛有什么魔鬼纠缠着她,她极力想驱赶那惊恐不安的情绪。

六病区的老主任退休了,新来了一位主任,听说是西班牙裔的,具有多年临床工作实践,是一名优秀的脑肿瘤专家。米娅心里想,新主任也未必能给她带来什么好处,当别的医生探听新主任的消息时,她没一点儿兴趣。然而事情就是这样奇怪,在楼道里快步走着的她与新主任撞了个满怀,她连忙说:"对不起。"他说:"没关系,我是新来的主任杰夫。"米娅这才看清,新来的主任身材矮小、面孔冷俊严肃,走路的姿势有点前倾,看上去像个精明能干的小老头儿。米娅回到办公室,看见新主任杰夫正找医生和见习医生们去查房。他看见米娅过来了,说:"查房。"米娅"噢"了一声,但心里想,你这么急干吗!

杰夫走路很快,像一阵风似的一下子走得很远。米娅急忙追上去,听见杰夫对住院医生和见习医生说:"肿瘤病房每天都有八九十个病人,病人的生命直接与你们联系在一起。你们要给每个病人做详细记录,不准偷懒,听清楚了吗?"

"听清楚啦!"住院医生和见习医生们异口同声地回答着。回答完后,他们就嘻嘻哈哈笑起来。杰夫脸一沉说:"笑什么笑,上班时间严肃一些,你们面对的是肿瘤病人。"住院医生和见习医生们这才老老实实地跟在他身后走进第一间病室。这是一间男病室,里面的病人早就知道要来一位新主任了,所以他们看到杰夫并不惊讶,仿佛看到老朋友似的。

"早上好!我是新来的杰夫,你有什么地方不舒服?"杰夫关切地问病人,完全没有了刚才那种令人生畏的冷硬态度。

"我开刀后,仍然有点头痛。"病人说。

"是一阵阵痛吗?"

"是这样。"

杰夫先检查了他的刀口,又看了看他的病情记录和 X 光片,然后,拍拍这个病人的肩膀说:"问题不大,你会好起来的。"杰夫说完,来到下一个病床,医生们挪着脚步紧跟着他。

下一床是位二十出头的墨西哥小伙子。他的头肿得像铜锣那么大,家人焦灼地围在他身边。不等杰夫开口,小伙子的父亲便问道:"医生,看看我儿子还有救吗?"杰夫说:"我检查了再说。"杰夫给小伙子听心脏、测血压,完了对小伙子说:"勇敢些,你会好起来的。"小伙子听后脸上顿时露出了笑容,而小伙子的父亲仍然是满面愁容。

当杰夫走出病室,来到走廊里,在去另一个病室的路上,他突然停了下来。一群住院医生和见习医生也跟着他停了下来。杰夫说:"那个小伙子的病还没有确诊,你们中谁能告诉我他得了什么病,他的头为什么肿得那么大?"

新主任杰夫医生的话冷静而严肃,大家一阵沉默。这是个入院才两天的病人,许多化验单还没有出来。在没有任何化验单的情况下确诊病因,没有丰富的临床经验是绝对不可能的。然而米娅却大着胆儿说:"我想他也许是脑积水,也许是脑瘤……"新主任杰夫望着她,对她点点头,示意她继续说下去。米娅一阵欣喜,继续说道:"他也许是颅内血肿,比脑积水危害更大。"

杰夫的眼睛一眨不眨地盯着米娅,直吓得米娅胆战心惊。片刻之后,杰夫冲米娅说:"你怎么做医生的?你以为他头肿得像铜锣就是脑子有病?告诉你,他不是脑子里有病,而是肾脏有病。他是肾脏衰竭引起的水肿,所以要先治他的肾。"米娅被新主任当众批评,羞得满面通红,很惊讶他竟然一点不留情面,对他的厌恶感油然而生。

黄昏时分,米娅走在下班的人潮中,鼻子闻着汽油味、糖炒栗子和奶油面包的香味，还有雾霭、香水和紫丁香的味道。她突然想起了大卫和史蒂夫，一死一失踪。失踪了的史蒂夫，至今都没人知道他的下落。她假设他已经死了，而且死无葬身之地。她一边走一边这么想着，在沿途的一家电影院里买了一大纸杯的爆米花。

她吃着爆米花走进小巷子里，夕阳正抹在一堵黄黄的墙上。墙面上粗粝地凸现出污迹，像某种暧昧的见证。一群鸽子在天空盘旋，横七竖八的电线杆上停着一群麻雀。

米娅一脚跨进爱华公寓楼，在楼道上遇见了李伯伯的妻子张岚。她穿着睡裤睡衣，一边走一边啃一只苹果。即使不出门，张岚身上也抹着香水，香味浓郁刺鼻。跳交谊舞是她的一大嗜好，只是她那个舞搭子患肾脏病了。这些天她没有找到新的舞搭子，便在家里闲散着做她饭来张口的贵夫人。她见到米娅回来了说："哟，你的衣服上，有一股医院里的酒精气味。"

"是吗？"米娅问。

二

由于白天被新来的主任杰夫羞辱了一通，米娅回到家还是气难消，吃晚饭时，她突然对母亲说："我不想在医院干了，想换单位。"母亲说："外科医生是最好的职业，怎么可以轻易放弃呢？再说，你当实习医生的日子马上就到期了，到期后考试通过就是正式的住院医生了，来之不易呢！"米娅说："我就是不想在医院再干下去了。"母亲说:"那你能换到哪里去?"米娅一筹莫展。说实在的,她真不知道自己还能干别的什么。

晚饭后,米娅去麦琪家聊天。赵红遇害后,她那个房间搬进来一位年轻的波兰小伙子。波兰小伙子早出晚归,回来后就躲在屋子里玩电脑,所以米娅去麦琪家聊天,一次也没见到过那个波兰小伙子。快过圣诞节了,从麦琪家的后窗望出去,能望到街头的灯光照得像白昼一样。霓虹灯在广告牌上闪闪烁烁,马路上的红男绿女就像水底的鱼,徜徉在夜晚的街市,进出酒吧、咖啡吧、歌舞厅、保龄球馆,以及各种时装专卖店。这还不是在威斯康星大道,已经如此繁华了。

麦琪的心情非常好,原因是护士长突然对她好起来了,虽然这令她百思不得其解,但无论怎样她都为有机会主刀大手术兴奋不已。护士长虽不是医生,可权力非常大,在米娅看来,新主任也许有一大半听护士长的谋划。这让米娅有些沮丧,她想,护士长一向看不起麦琪,这回怎么对她如此优待?

本来米娅到麦琪家聊天,是想把白天受新主任杰夫羞辱的事向麦琪倾诉一番。结果,听到麦琪将主刀大手术的消息便闭住了嘴巴。她知道,麦琪的那个大手术就是难度极大的分离连头婴儿手术,如果成功,麦琪将一跃而成为名医。这让米娅心里又羡慕又妒忌又愤愤不平。

一个人走在冬天夜晚的小路上,任寒风呼呼地吹着,米娅感到头脑清醒了一些,心情也好了一些。她走到已经去世的"西红柿"家门前时,小时候的故事一个个在脑海里闪现出来。她十五岁那年,知道"西红柿"家的后院发生了一桩枪击案。"西红柿"听见后院"砰砰"的枪声,吓得不敢出门,后来就来了很多警察。尸体搬走后,邻居们还是非常害怕,绕道而行。

那时候,唐人街上的小巷子里很热闹,小孩子放学全在小巷子里玩耍。女孩子玩的花样是跳鞍马,那鞍马由人弯下腰做成,还有跳橡皮筋、踢毽子;男孩子则翻跟头、竖蜻蜓、滚铁圈。母亲说这都是他们这代人小时候在上海玩的游戏,他们把这些游戏传到美国来,并且传给了下一代。

米娅记得爱华公寓楼里从前有个女花痴,每天黄昏时,会被家人带出来放风。冬天她穿着鼓鼓的棉衣,可到了夏天,家人稍微不留神,她就会把衣裤脱光在小巷子里奔跑,并发出凄厉的叫声。这时候,许多大人出来看热闹,小孩子的脸上则是不解而恐惧的神情。因为都是熟人,大家同情女孩子的遭遇,没人报警。

米娅胡思乱想着,不知不觉走到一个岔口。从这个岔口拐一个弯可以通到街上,那里有便利店,米娅曾帮母亲到那里去买东西。从便利店出来再往前走,就能走到农贸市场了。农贸市场每周只开放一天,那些郊区农民拿着自己种的蔬菜瓜果等东西来卖,不开放的时候是个免费停车场。离免费停车场不远处,有一个坐轮椅拉小提琴卖艺的黑人,他每天给人们带来悦耳动听的音乐。

米娅毫无目的地一直往前走,从一个岔口又拐进另一条小路。这条小路的路灯非常昏暗,两旁的房屋也十分破旧,然而就在这样破旧的房屋里,有一个窗口特别醒目。房屋里面五彩的灯光,灿烂地一闪一闪,还有摇曳的红烛和窗上张贴的红双喜,呈现出一派喜气洋洋的气氛。米娅忽然眼前一亮,仿佛那些破旧的房子,都被这个窗口的中国人的喜气照亮了。

米娅回到家里时母亲已经躺下,母亲见女儿回来晚不免唠叨几句。米娅开始没理睬母亲,洗漱后钻进被窝又听见母亲的唠叨,那嗡嗡的唠叨声,让她心生厌烦。她恼火地冲母亲说:"你别烦我了好不好?"母亲说:"我不和你说,谁和你说?"米娅说:"你再这样啰唆和操心,白发就会越来越多,你简直就是一个货真价实的老太婆。"母亲一听女儿说她是货真价实的老太婆,火气立时冒上来,道:"你个没良心的东西。"说着伸手就给了女儿一个耳掴子。米娅本来就一肚子不高兴,挨了母亲一耳掴子,顿时火冒三丈,撕扯起母亲的头发。母女俩抱作一团,扭打起来,哭声和尖叫声飞出门窗外。老李静静地站在门口偷听,当然不会去报警。

母女重新躺下后,已是凌晨两点多了。吵过一场架,母女都感到很疲倦,因此很快便都呼呼睡去。这样的吵架,她们早就习以为常了。第二天一早,母亲照常很早起床为米娅做早饭。米娅喝牛奶,吃母亲熬的粥,抹过嘴巴后,招呼也不和母亲打就上班去了。

米娅不想见到新主任杰夫,但冤家路窄,两个人在楼道口又擦肩而过。米娅低着头没理他,而他走得急匆匆地也像是没看见米娅。米娅进入医生办公室时,麦琪正忙着给双胞胎女婴做手术前的脑部 CT、MRI 等全面检查,检查脑组织、脑室,及动静脉系统等。接着,她又继续仔细地研究和分析两个连在一起的头颅。

手术小组成立了,除了麦琪,另外还有两名协助医生和一名见习医生,以及一名麻醉师、两名手术室护士、两名循环护士。手术是上午九点开始的,做了三个多小时,非常成功。都说连头婴是极为罕见的病例,每二百五十九万个婴儿才有一对连头婴出生,在连体婴中也属罕见,而术后死亡率高达百分之五十二点九。最终,麦琪成功了,双胞胎姐妹顽强地活了下来。此例连头婴分离手术的成功,标志着医院在设备、技术上已达到国际先进水平。

麦琪手术成功的消息,新闻媒体做了报道。在医院里,麦琪一下子让人刮目相看了,几乎每一个见到她的人都会投来羡慕和崇敬的目光。护士长见到麦琪时,握着她的手很激动地说:"哇,你真行啊!"

米娅表面上向麦琪祝贺,心里却妒忌得厉害。麦琪的名气扶摇直上,报社、电台采访她的人络绎不绝。周强在报上看到麦琪手术成功的消息,手捧红玫瑰来医院祝贺,然后他们两个人双双进入豪车,周强开着车从米娅身旁经过时,米娅心里嘀咕道:"你不要太骄傲了,会有倒霉的一天。"米娅知道自己是妒忌,妒忌一个人是可以产生恨的。

转眼又到了春暖花开时节,麦琪成为医学界的名人后,米娅已不再去麦琪的家,在医院里碰面也只是点头而已,尽量避免闲聊。米娅觉得麦琪和新主任杰夫越走越近,五月医院里有出访欧洲的机会,人选好像已经非她莫属了。米娅想到出访的事又生气了。她觉得自己事事不顺,什么都比不过麦琪。

那天米娅想散散心,打电话约爱玛去友谊饭店观赏老年爵士乐队的演出。友谊饭店的老年爵士乐队闻名遐迩。自从爱玛婚后搬出唐人街,她俩已经很久没见面了。有了丈夫和孩子的爱玛,很少与女伴出门逛街看电影。米娅的邀请正好让她借此从家庭的烦琐中逃出来透透新鲜空气。

有近一年没见到爱玛,米娅发现她胖了不少,与此同时,她似乎一改从前的婉约,变得果断、坚决,还有点儿泼辣。没想到一个女人结了婚能有如此大的变化,不过这也不奇怪,小两口儿到底是白手起家。爱玛是家里的半边天,奋斗的任务一点不比她丈夫少,有时可能承担得还更多些。没有了从前的罗曼蒂克,爱玛变得非常实际,经过一砖一瓦的奋斗,练就了一身的硬功夫,整个儿人由内而外透出咬牙切齿和摩拳擦掌的决心。

这会儿,米娅和爱玛来到友谊饭店演出厅。她们从烦琐的、务实的铿锵声中走出来,暂时回到了浪漫主义的内心追求。友谊饭店的欧陆风情,使人仿佛来到浪漫的巴黎。那乐曲的韵味、那绅士的风度、那演出的氛围都令她们深深陶醉。欣赏完爵士乐,她们来到乔治城 M 街一家法国餐厅吃夜宵。这家高档餐厅内净是穿着讲究的摩登男女,米娅和爱玛都是第一次来这家法国餐厅。米娅想,大卫没带她来过,史蒂夫也没带她来过,现在她掏钱带爱玛来了,心里非常得意。

三

　　进入初夏后,华盛顿哥伦比亚特区的天气就很热了,雨水也多起来了。那天下大暴雨,在急骤喧哗的雨点中,闪电击穿唐人街的层层屏障,道路一下像涨满了水的小河。暴雨过后,孩子们在水里蹚来蹚去,快乐的笑声,飞旋在唐人街上空。大人们把裤腿一直卷到膝盖以上,与孩子们一起嬉戏。这样的天气中,房屋和小路变得模糊混浊,显得疲沓了。太阳从积雨云后头泅出来,水洼散发出一股霉腐味,难闻极了。爱华公寓楼天井里的水泥地,这时候总是潮湿地泛出一团一团水迹。八脚虫和黏黏噜等小动物十分猖獗,到处乱爬。它们所经之处,会留下一条条银色黏液。

　　前段时间,麦琪已从爱华公寓楼搬走。成名后,她买了一套二百多平方米的康斗。这些天她又随州医疗代表团出访欧洲去了,仿佛所有的好处都集中到她一个人身上了,让其他不少住院医生心生妒忌。大家议论纷纷,猜测周强替麦琪走了后门。否则与麦琪从前势不两立的护士长,怎么会忽然三百六十度大转弯护着她呢?

　　米娅想到这里,感觉自己倒霉透了。上一次新主任杰夫当众批评她后,这样的事就成了家常便饭。她气愤极了,心里无数次用上海话骂他瘪三、寿头、赤佬、狗杂种。然而这坏家伙偏偏与她过不去,凡他做手术就让她替他打下手。

　　那天米娅协助他给医院勤杂工、墨西哥女人阿弗丽娜开刀。

阿弗丽娜遇车祸昏迷不醒,杰夫命令米娅给她接上氧气,身上开条静脉插管,验血型。米娅手忙脚乱,小心翼翼地干着。X光片显示阿弗丽娜颅骨破裂、脑挫伤、肱骨骨折,以及多处肌肉和软组织撕裂。说实在的,尽管米娅与杰夫势不两立,但她心里还是对他高超的医术佩服得五体投地,并心怀敬畏地看他打开病人的颅脑,熟练地操作。

如果说米娅给阿弗丽娜做这样的手术要花五个小时,那么杰夫只需花两个小时就足够了。难怪那些经杰夫医治的病人康复后都会认为是杰夫医生给了他们第二次生命。米娅完全相信杰夫的医术,但她还是不愿意做他的协助医生。手术结束时,杰夫对其他协助人员说:"我很感谢你们各位的协助。"但他看都没有看米娅一眼,似乎没把她放在眼里。这让米娅既难受又气愤,一种屈辱感使她再也不想给他打下手了。

这一天手术后,米娅没再看到杰夫。她想,最好离他远远的,一辈子别再见到他。她急匆匆走下楼去,到门诊大厅时,看见几个医生围在一起议论药房麻醉药品失窃的事。有人说芬太尼这种致幻成瘾的毒品,偷出去能卖个好价钱。大家把目光对准药房的男药剂师,胡乱猜测一通。

下班时,米娅到更衣室换上了漂亮的紫色裙子,还精心地化了一个淡淡的妆。她把头发高高地盘在头顶,看上去整洁、清爽,但仍难掩倦容。护士长见到她说:"打扮得这么漂亮,约会去吗?"米娅微微一笑,但没有搭话。她心里想,你现在都护着麦琪,好处拿了不少吧？

雨季一结束，仿佛就直接进入了最热的时候。太阳热辣辣的，雨季黏滞不清的空气一下子爽利起来。房间的角角落落干爽蓬松，穿堂风洋溢着花露水般的香气。米娅回到家又是一身汗，她到卫生间淋浴，想起自己小时候在上海，母亲把红漆木盆拿到房间里，兑上热水和冷水让她在木盆里洗澡。这样的洗澡方式，一直持续到她十一岁来美国前。

米娅每次在卫生间淋浴，总是将自己的裸体对着卫生间的大镜子。她发现自己的身体线条优美，乳房丰满，脖颈纤长。她觉得自己是一个有姿色的女人，假如不做外科医生也完全可以去享受另外一种生活。她有着漂亮的脸蛋和躯体，曾经与大卫和史蒂夫的几次性关系，让她觉得只有"魂和性"融合在一起，才能真正使自己美丽动人。米娅想找"魂和性"融合在一起的男人，然而她并不知道这样的男人在哪里？唐医生一直追求她，但她对他实在没感觉，甚至还有点儿讨厌他。她想，即使嫁不出去，也一定不会嫁给这个北卡的唐医生。

自恋是不少女性的特征，米娅也不例外。她在镜子前会花很多时间欣赏自己的脸蛋和身体。洗完澡，她换上翠绿色的睡衣和睡裤，赤裸着脚走在已经泛白的地板上。公寓楼里的下水道是一通到底的，有时她听着潺潺不息的流水声，会想象出许多故事，如果她是一位作家，那么她就可以写小说了。

她坐在沙发上，蜷曲着身子，抱着自己的双臂沉思，然后走到窗前,望着楼下天井里那些搬出竹榻和藤椅的老人。这些老人都是中国人,有的还跑过一些码头。生活在唐人街上的人,仿佛生活在故乡一样,不惊不乍,安心过着小日子。

那些喝过酒的老人,脸红红的,他们也都已洗过了澡,穿上干净的T恤和睡裤,或坐或站,或优哉游哉地到天井里来和邻居们聊天。夏天的天井里,人气格外旺,路灯下的人们只管叽叽喳喳,直到天黑尽了,聊天的人才都回家去。这时,灯火阑珊处可以看见地面留着一些纸屑在微风中漫卷。

米娅抬起头来,目光扫到对面窗户。她突然发现,那对男女不知什么时候搬走了,窗户敞开着,屋内空空的,像是在装修,一架双梯摆在房间正中央。米娅想,下一个来入住的是谁呢?这出租房就像铁打的营盘流水的兵。米娅转过身把窗子关得紧紧的,生怕有飞蛾和蚊子飞进来。

爱华公寓楼的公寓费是包水不包电,母亲舍不得多花电费,特别强调说:"自然风比空调强,闷在空调里我心脏受不了。"因此,米娅很少要求母亲开空调。她是有钱付电费的,但为了母亲宁愿吹电风扇。躺在地板上比床上凉快,可半夜里还是常常被热醒。她摸黑将电风扇再一次打开、定时,可这一醒就很难进入梦乡了。

夏日漫漫无期,这种热仿佛让人的体力和智力都有虚弱、衰竭的危险。米娅一天到晚都觉得头昏脑涨,智商明显下降。因此,夏日里她特别喜欢值夜班,毕竟医院里有空调,只要晚上不是太忙,也能睡得比家里好。

这些天,米娅想换单位的念头又浮了上来。她不想看到新主任杰夫医生,也不想看到从欧洲出访回来的麦琪。她那颗妒忌的心,让她没法再在这家医院待下去,可一下子又无处可去,这让她痛苦万分。她突然想到了辞职,但一时下不了决心。傍晚时分,她又早早地去医院值夜班了。

换上医生工作服,米娅去看望医院勤杂工、墨西哥女人阿弗丽娜时,发现杰夫给她撤掉了呼吸机,这就等于置阿弗丽娜于死地。米娅突然觉得报复的机会来了,她要状告杰夫草菅人命。她三步两步跑到院长办公室,把阿弗丽娜的情况详细地汇报了一遍,然而院长却说:"这是今天上午在院部召开的道德委员会上做出的决定。阿弗丽娜的病情已十分严重,毫无希望,杰夫医生撤掉她的呼吸机,也是遵照病人留下的遗嘱。"

"不!"米娅气急地说,"你们不能这样做,她还有苏醒过来的可能。"

"米医师,这是我们讨论后决定的。"院长说着,找来医院律师。律师把一张皱巴巴的纸递给米娅看。米娅看到上面写着:"如果我患有不治之症,昏迷不醒,请不要再使用药物延续我的生命。"米娅看后说:"但是作为医生,不能放弃她的生命。"律师说:"无效的抢救是没有用的。"米娅"哼"了一声,跑回病房。

病房里,阿弗丽娜的丈夫望着昏迷不醒的妻子抹着眼泪。米娅对他说:"你不能让杰夫医生撤掉她的呼吸机。"阿弗丽娜的丈夫说:"我们要自费,救不活了,再用呼吸机也没有用。"米娅说:

"不能放弃拯救生命啊!"阿弗丽娜的丈夫哀哀地说:"是我们自己要求出院的,这不关杰夫医生的事。"米娅说:"万一她能醒过来呢?"阿弗丽娜的丈夫口气坚决地说:"我们马上就出院,我们不能让她死在医院里。"米娅听他这样说,叹口气,不再吭声。

一会儿,杰夫医生通知她将阿弗丽娜身上的所有静脉滴注管通通拔掉。这就意味着结束阿弗丽娜的生命。米娅朝杰夫狠狠地瞪了一眼,无奈地拔掉了阿弗丽娜身上所有的静脉滴注管,感到自己就是杀人的刽子手似的。

凌晨时分,病房里静悄悄的。米娅睁大眼睛望着窗外的世界,眼前出现了幻境,有时是一个优哉游哉的鬼影,有时是无以计数的大大小小的窟窿。窟窿在瞬间幻化成一股风,在米娅身边忽前忽后、忽大忽小地变幻晃动着。

"鬼,有鬼。"米娅轻声叫起来。几个护士打着瞌睡,根本没听见她的叫声。她索性打开窗,屋外一轮满月正高挂在天空,宛如明镜悬挂在蓝黑色的天幕上。米娅遗憾自己不会赋诗,但她懂得明镜高悬的意境。人世间各种恩怨是非,各种老谋深算、城府深藏、尔虞我诈、佛口蛇心,月亮不动声色地看在眼里。米娅做了一个深呼吸,从窗外吹进来的清风,携着绿叶的清香无声无息地弥漫在病房里。

第七章　我会尽力的

一

夜班后半夜无事，米娅睡得挺好，早上起来精神状态不错。上午办完交接班，她便一个人悠闲地去逛街了。自从麦琪成名搬出爱华公寓楼，她再也没有与她一起逛过街。她觉得她俩已是两条道上跑的车，再无交集，即使在低头不见抬头见的医生办公室里，她们亦是尽量回避着对方的目光。米娅从公交车上下来，这天虽然不是周末，乔治城 M 街上依然熙熙攘攘，一路上都可以看见时尚的女人，这些女人出入的场所多半是昂贵的、华丽的、风雅的。

M 街上的法国梧桐树树荫浓密，蝉鸣稠厚，一些细碎的阳光从叶间均匀地遗漏下来。米娅走进一座街心花园，花园后头有一排红砖楼房。这红砖楼房里，曾经住着她的一个远房亲戚。那远房亲戚在二十世纪八十年代末，就已经住在这里过着布尔乔亚的小资生活了。

米娅依稀记得那个大客厅里棕色的打蜡地板发出幽光，黑色的牛皮沙发沿着墙角围成半圆。一盏落地灯旁的组合音响里放出连窗门也会打战的"嘭嘭"音乐声，朝南的窗台下放着一架紫褐色的三角钢琴。米娅曾试着用小手去摸钢琴的琴键，被母亲呵斥道："别碰那么贵重的东西。"这给她留下相当深刻的印象，后来母亲再也没有带她去过那个远房亲戚的家。

中午时分，太阳突然猛烈起来，阳光像透明的玻璃一样滞重地倾覆而下。街道柔软地伸展着，树叶闪着墨绿的光泽。米娅逛了一上午的街，却什么东西也没有买。回家时她没去坐公交车，而是用手机叫了一辆网约车。这在母亲看来是极大地浪费，可对米娅来说只是不委屈自己。

网约车一直开进小巷子里，停在爱华公寓楼门口。母亲听见汽车声，双手湿漉漉地从厨房的窗口望出去，见是女儿坐出租车回来心里觉得浪费，待女儿进家门后便问："你回来花了多少钱？"米娅说："十一元，不可以吗？"母亲没回答，只说："吃饭吧，我做了冬瓜咸肉汤和韭菜炒蛋。"

米娅每天吃母亲做的中餐，觉得做中餐太麻烦，建议母亲吃煮熟了的美国食品，方便又省时间，但母亲根本听不进去。在美国几十年，母亲依然是中国人的胃、中国人的生活习惯、中国人

115

的打扮,只要和祖国同胞在一起,她就只说普通话和上海话,绝不夹进去英语。

逛了一上午的街,米娅觉得很累,坐马桶时,发现这个月的"老朋友"提早来了。那些暗红的血黏在短裤上,使她的情绪一下变得不可捉摸。她打开音响,马勒的交响乐轻轻地流淌在屋子里。吃饭时,母亲总是忙到她吃完了才吃,有时就着剩菜喝一点红酒,心情好时也会多喝一些,但绝不会喝醉。这顿午饭母亲没有喝酒,匆匆扒完饭便去陈姨家搓麻将了。上回母亲在麻将桌上赢了三百多美元,回家来兴高采烈地买了许多零食和水果,像白捡了似的。

母亲搓麻将去了,米娅换了一种音乐。那是一种另类风格的音乐,它的时尚和前卫吸引着留长发的艺人、艺术系的学生、舞厅里做音乐的DJ。米娅虽然是医生,但她骨子里叛逆而前卫,心情不好的时候,拿它来以毒攻毒;心情不错的时候,则用它来锦上添花。

现在她把这奇吵无比的音乐,大声放出来,一遍遍反复听着,仿佛打开了一扇天窗。她觉得噪声里有着激昂生活的另一种光泽,而音乐造就的气氛,让她的身体飞离现实,进入一个白日梦里。这个白日梦有着火一般的热烈绚烂,也有着猛兽般的痛苦哀嚎。在音乐声中,她的心情突然就好起来,敞亮起来。她只顾自己在音乐中满头大汗地扭动身体,完全没听见隔壁李伯伯敲门。李伯伯最后在一楼用竹竿猛敲米娅家的窗子,并用雷声一样的嗓音大叫道："你想吵死我们啊？"

这时，天井里已经围了不少被吵坏了的邻居。那些老头儿和老太太七嘴八舌地说："这样吵的音乐，还从来没有听到过。现在的年轻人做事不考虑别人，大热天谁家没人午睡？"米娅听到楼下的议论声，没敢探出头去，赶紧把音响关了。半响，她估计楼下的人散尽了，才敢打开窗探出头去张望。这一张望，让她与对面窗子新主人的目光不期而遇。她心里一惊，好像面熟，仔细一想，有次她在一家中国台湾人开的店里，讨价还价地买了一件铁血红色羊绒面料的大衣。米娅的心"咚咚"地跳着，莫非他就是那个老板？

"喂，这么巧，你是我的顾客，还记得我吗？"那老板操着闽南话，朝米娅大声说。

"记得。你什么时候搬来这里住了？"米娅奇怪地问。

"才搬来不久。这地方好哇，唐人街离白宫、国会大厦都那么近。这爱华公寓楼，大多住着中国人，住在这里有自己家乡的感觉呢！如果不会说英语，在这里也可以生活得很好。"那老板笑眯眯地说。

"好什么啊？公寓老旧了。"

那老板还想说什么时，手机铃"吱啦啦"地响起来，他一边打开手机，一边对米娅说："我们是邻居了，改天再聊。"随后转身耳朵对着手机，走向房屋的中央。

米娅回转身，觉得与对面窗子里的男人真有缘。她突然盼望着一些什么,想象着一些什么。米娅的想象飞驰着,渴望有一天像蒙娜丽莎那样微笑着,在自己所爱的男人面前穿着漂亮的睡衣走来走去。

然而,无论米娅的想象力多么丰富,休息天过后她还是必须去医院上班,必须去面对她的病人,面对她不想见到的杰夫和麦琪。她背地里骂他们狗杂种,但有时会越骂越生气。她眼睁睁看着麦琪步步高升,心里除了妒忌还有一种莫名的耻辱感。

那天米娅到急诊室值班,来了一位七十多岁的老者,他脸色苍白、气喘吁吁、神志迷糊,拍片结果是出血性溃疡,情况危急,必须马上手术。十分钟后,米娅穿上消毒服,戴上消毒帽和口罩走进手术室。这时病人已躺在手术台上,麻醉师正在给他麻醉,护士则正给他测血压。米娅看到病人的血压正在迅速下降,说:"给他输血。"

没有杰夫在身边,米娅一双灵巧的手更加自如。她争分夺秒,切开皮肤、脂肪层、筋膜、肌肉,最后到了平滑透明的腹膜。此刻,鲜血正向腹腔喷涌。

"烙器!"米娅说,"给我从血库再调四袋血来。"

米娅开始用烙器灼烧出血的血管。一个小时、两个小时……手术非常顺利,米娅越来越熟练从容了。整个手术,米娅做了两个半小时,完成后,她对病人说:"你的生命,没有问题了。"

从北卡来的唐医生前阵子被调到门诊了,已有些日子没见到米娅了,但他的单相思丝毫没有减退,他在手术室门口遇到米娅说:"祝贺你!"米娅朝他看看,转过身走了,一点不给他面子,而他只能傻傻地望着她的背影发呆。

第二天,米娅仍然在急诊室值班。在急诊室值班不用看到杰夫和麦琪,这让米娅非常乐意。虽然急诊室比病房忙,但忙碌使她感到充实。一大早,她刚上班已有二十多张帆布床被打开,整个急诊室被病人挤得满满当当,不少急诊室医生称这里是"受难室"。无论白天还是黑夜,这里满是交通事故和各种暴力行为的受害者,眼前净是缺胳臂断腿的血淋淋的伤者,还有各式各样破碎而绝望的生命。米娅在心里把急诊室戏称为地狱之门。

"米医生、米医生……"一个小护士大声喊着。米娅朝最远处的一张帆布床走去,小护士叽叽喳喳地说:"他又昏迷了。他被人打得脑袋开了花,脸上满是抓痕,鼻梁也被打断了,还有肩胛骨脱了臼,左膀子至少有两三个地方骨折,还有……"

米娅打断了小护士的话,来到病人跟前仔细检查着。病人的脸上满是血渍,而且面部浮肿,伤痕累累。她用酒精棉轻轻地擦着他脸上的血,擦着擦着,忽然觉得这张脸十分熟悉,于是便俯下身去仔细打量。她惊讶地发现,他正是麦琪的那个男友周强。

"怎么会这样?"米娅有点不可思议。她一边检查病情,一边让小护士去病房找麦琪。没想到,小护士回来说:"麦琪医生正忙着,她说这不是她的病人,她管不了。"米娅听到这样的回复,肺都气炸了。她想,麦琪也太没良心了,好歹周强帮过你,现在你成名了就这态度?从前还说他性骚扰,怕是你利用他的钱帮你出名吧？

米娅心里骂着麦琪，但周强作为她的病人，她会认真处理的。这会儿她仔细研究着周强的CT片子。周强的脑部还在出血，人还在发高烧，并且还没有苏醒过来。做手术最快也得两天后，米娅给周强用足了药，估计到做手术的那一天他会醒过来。

米娅一直忙到晚上九点多才下班，累得腰酸背痛，毕竟已过而立之年，青春的活力正在一点点地消退。她觉得守住自己的青春是当务之急。她不能在还没有嫁人前就衰老了。

走出第六病区，在黑漆漆的医院长廊里，米娅发现两个影子晃晃悠悠，一种突如其来的恐惧袭来，她声音发颤地说："你们是谁？"

"别怕，我们是你病人周强的保镖。"保镖甲和保镖乙，异口同声地说。

"你们想干什么？"

"你给咱们周老板开刀？"

"是的。"

"我们不想看到他发生意外，如果他死在手术台上，小心你的脑袋。"

"你们威胁我？老实说，脑部手术的危险性很大，我无法保证一定能救活他，但我会尽力。"

米娅说完，快步地向前走去。

二

夜晚降临了,黑色的网笼罩着这座大都市。路灯暗淡地照着大小街道,每一条马路看起来都有种虚晃晃的感觉。米娅摆脱了周强保镖的纠缠,恐惧不安的心得以恢复平静。从公交车上下来,她听见王菲的歌从一座锈迹斑斑的破房子里飘出来。肮脏的墙上,蟑螂沿壁而行,出没在恶臭腐烂的垃圾桶里。路边的小河漂着破鞋、烂布,讨厌的苍蝇和蚊子飞旋在空气中,唐人街的另一面,有着遮盖不住的肮脏。米娅低头走着,幸亏月亮发出玫瑰色的光芒,令她浮想联翩。

一跨进家门,米娅见母亲正在翻箱倒柜捉拿一只紫蝴蝶。母亲说为了这只该死的紫蝴蝶,她已经被折腾大半天了。事情是这样,母亲午睡时突然发现一只紫蝴蝶。紫蝴蝶有小碗的底口那么大,趴在床头一动不动,翅膀闪出阴险的蓝光。母亲不敢再睡在床上,她手忙脚乱地扑蝴蝶,蝴蝶在家里飞来飞去,母亲用一件衣服罩过去,结果蝴蝶飞到房顶上去了。她无奈地只好随它去,心有余悸地去陈姨家了。陈姨笑她为了一只紫蝴蝶弄得如此慌张,便跟她来到了家里。母亲说:"紫蝴蝶在床头上哪!"

陈姨朝床头房顶望去,什么也没看到。陈姨嗔怪道:"神经错乱了吧?你看根本没有紫蝴蝶哩。"母亲感到奇怪,明明停在床头上方的房顶上,怎么会没有了呢?莫非自己老眼昏花,或是出现幻觉了?母亲不好意思地对陈姨说:"让你白跑了一趟。"

陈姨说："连个鬼影也没有，你别自己吓自己。再说不就是一只紫蝴蝶，用得着这么害怕吗？"母亲笑笑说："是啊，不就是一只紫蝴蝶嘛。"母亲把陈姨送到门口，回到房里躺到床上午睡，很快模模糊糊地睡着了，但没多久，她就被一种"沙沙"的声音弄醒了，睁开眼睛，看见紫蝴蝶在卧室里飞。母亲吓得大叫一声，赤着脚跳到床下。这时紫蝴蝶停在床单上，母亲拿着一件罩衣去扑蝴蝶，蝴蝶倏地飞走了，在屋子里来回飞舞。母亲只好将所有的窗户全部打开，可这小精灵就是不飞出去，一会儿撞在大衣橱的镜子玻璃上，一会儿停在灯罩里。母亲嘴里发出"嘘嘘"的驱赶声，眼里流露出恐惧的神情。没想到活了六十多年，竟被一只蝴蝶吓成这样，母亲不免对自己感到奇怪。

一会儿，母亲想起了什么似的，戴上老花镜仔细检查蝴蝶是否在床单上产了卵，然后又用一根长木棍儿驱赶蝴蝶，蝴蝶飞到雪白的房顶上，母亲用木棍儿划拉得石灰纷纷掉下来，弄得自己疲惫不堪。后来母亲让米娅帮忙移动柜子，她对米娅说："蝴蝶就停在柜子后面。"然而，米娅却看见紫蝴蝶就停在母亲的头发上，她说："别动。"一把将那只紫蝴蝶捉住了。母亲知道蝴蝶在她头上，"哇"一声尖叫，吓得晕了过去，仿佛那紫蝴蝶是鬼魂似的。

第一次感到女儿的作用，母亲开始反思自己从前对女儿的态度是否太专制武断。其实在米娅眼里，母亲一直是个叫叫嚷嚷、缺乏思想逻辑的人，可她早就习以为常了，两代人之间总有代沟。她不知道母亲现在决心要把这代沟缩小，反思自己的过去，谨小慎微地与女儿过一种和平共处、心心相印的日子了。

母亲这晚很想与米娅聊些什么，可米娅正在书桌前忙碌着，要给周强做手术，必须对其病史做一些深入的研究和分析。母亲便大气不敢喘地坐在床沿边做针线活儿，这时她的回忆如同洪水一样汹涌，五花八门的片段令她应接不暇。她没想到自己竟有那么多有趣的故事。母亲的心情豁然开朗，忍不住"嘿嘿"地笑出声来。米娅朝母亲看看，心里想，母亲一定是被紫蝴蝶刺激得有点不正常了，但她还是埋头书本，想着给周强做手术只能成功不许失败。

那天，在做周强的手术前，杰夫医生让米娅协助他给本医院的外科医生托尼做手术。托尼是一名五十多岁的白人医生，肥胖、秃顶、性情急躁，与杰夫医生已发生过多次争论。米娅一进他的病房，他就嚷起来道："你把那张电解质检验报告送来没有？"米娅说："在这里，一切正常。"说着就把报告单递给了他。

"怎么会正常？他妈的肯定是弄错了。化验室这些人上班聊天，思想开小差很严重。我不敢完全相信他们，你要确保我输血安全。"托尼气呼呼地说着。米娅有点哭笑不得地说："噢，知道了。"

"杰夫给我开刀，我才放心。"托尼说。

"噢，你看上他是主任吧？"

托尼意识到米娅对杰夫有诸多不满，便不吭声了。随后他问:"这个手术小组,还有其他什么人?"米娅说:"麻醉师鲁克一、见习医生彼得、护士安娜……"

"那个麻醉师鲁克一我不要,你和主任说,给我换一个。"

"不能随便换的。你是医生,应该知道规则。"

"怎么不能?我就是要换一个麻醉师。"

"你这么固执,我看你自己给自己开刀算了。"

"我正这么想着呢!可惜我没有两双手。"

"好吧!我给你去试试,说不通,不关我事。"米娅说着走出病室。

一会儿,托尼躺在轮床上,被推进三号手术室。主任杰夫医生尊重他的意见,将麻醉师换了人。然而托尼还是不放心地对新来的麻醉师说:"麻药不能多。"接着又对其他手术室成员一句句关照,让他们听得心烦意乱。杰夫医生终于忍不住说:"你说完了没有?"杰夫医生的语气冷静而威严,吓得托尼赶紧闭上了他的臭嘴。

手术开始了。杰夫医生手脚麻利地在托尼头骨上钻开一个口子。米娅看见里面的血凝块了,但经杰夫三下两下的处理,不到两个小时手术就完成了。杰夫把剩下的刀口缝合交给米娅,自己率先离开手术室。这种耍大牌医生的作风,让米娅心里很不舒服。不过她还是非常精心细致地缝着托尼的脑瓜,缝到最后一针时她对托尼说:"你没问题了。"

米娅脱下手术服,从手术室出来时,有小护士匆匆跑来说:

"米医生你那病人不行了,熬不过去了。"

"谁?哪一位病人?"

"就是那个叫周强的病人。"

米娅吓得脸色煞白,耳畔响起周强保镖的话:"如果他死了,我们找你算账。"她匆匆朝周强的病室奔去。保镖甲和保镖乙见她来了,抓住她的衣领道:"记住我们对你说的话,你不能让他死,否则……"

米娅挣脱开他们,赶回手术室换上手术服。这个手术由北卡唐医生做她的助手。第一次做米娅的助手,他很认真地听从米娅的吩咐。他开始给自己按常规清洁消毒,每条胳膊两分钟,然后每只手两分钟。一切做完后,周强正好被推进手术室,大家小心翼翼地将他移到手术台上。这时他依然神志不清,脸上毫无血色,头发被剃得精光,头部已做完消毒处理。

手术小组的成员各就各位,他们是唐医生、一名麻醉师、两名手术护士和一名负责血液循环的护士。米娅仔细检查了一番,以确保所有设备都已就绪,一切都处在良好的工作状态,这才放心。

麻醉师把一个量血压用的橡皮囊袖带绑在周强的右臂上,然后把一个面罩扣在他脸上。手术开始了。米娅发现周强脑中部有一处损伤区,由一个阻断主动脉瓣膜的血凝块引起,隔断了右边一个小血管,并已稍稍延伸进脑右部。米娅大胆地向更深处探查,发现它位于大脑中水管较低部位。米娅用电钻钻开一个大约一枚硬币大小的孔,露出硬脑膜,切开硬脑膜,露出下面部分的小脑皮层,她用一把小牵开器撑着刀口。

"钳子!"

护士很快把钳子递给米娅,随后米娅拿起电烙器,开始烙出血部位。唐医生用捂在脑硬膜上的软棉球吸血。脑硬膜表面渗血的小血管清晰可见,并且血已经凝固。唐医生激动地说:"看上去很好,他能活下来的。"米娅如释重负,轻轻地舒了一口气,然而就在这一刻,周强突然身体抽搐起来。麻醉师大叫:"血压下降。"米娅说:"增加输血量。"

手术组成员全部看着监视器屏幕,曲线正在迅速变平,两下急速的心跳之后,紧跟着就是心室纤维性颤动。米娅说:"用电激活他。"说着,她迅速把电极板连在他身上,然后打开机器。周强的胸膛猛地向上一纵,然后又落下。

"给他注射肾上腺素。"

"没有心跳了。"麻醉师叫起来。

米娅又试了一次,提起控制器。再试一次,只有极短的一下抽动。

"没有心跳!"麻醉师又叫起来:"心搏停止,心律全部消失。"

米娅绝望地做了最后一次尝试。周强的身体经过电击后,这一回蹦得很高,然后又落下来,依然没有成功。唐医生沮丧地说:"他死了。"米娅急出一身冷汗,但她不相信周强就这么死了。她扭亮红色代号,红色代号表示紧急状态,能立刻调动全部医疗手段来挽救病人的生命。不一会儿,米娅听见公共呼叫系统传出声音:"红色代号,四号手术室……红色代号……"杰夫医生赶来了,麦琪医生赶来了……米娅惊恐不安地问杰夫医生:"怎么办?"

"电击。"杰夫医生说。

米娅试了一次电击。周强的身体受到电击后蹿到半空,接着落下来仍然毫无生息。

"再来一次。"杰夫医生沉着坚定地说。

米娅再一次用了电击,周强的身体跳起来,又落下。米娅绝望了。

"再来一次。"

米娅愣在那里没有动。杰夫医生说:"再来一次,快!你这头笨猪。"

米娅这才慌慌张张地按下电钮,眼睛一眨不眨地盯着监视器。仍然没有动静,正当她彻底绝望时,监视器上出现了微弱的光点,然后闪了闪,消失了,接着光点又出现,渐渐地光点越来越亮,直到形成一种持续而稳定的节律。米娅简直不敢相信自己的眼睛,她盯着屏幕,心咚咚地跳着。这时手术室里的人发出一片欢呼声,有人说:"他从死神那里闯过来了。"米娅知道,这都是杰夫医生的功劳,他不愧为一名优秀的医生。

周强被救活后,麦琪早早地溜走了,她似乎什么也不愿意和周强说。米娅把周强从轮床上送回监护病房时,保镖甲和保镖乙迎上来问:"怎么样?"米娅说:"他会好起来的。"

三

转眼间,秋天正一步步走向自己的腹地。悬铃木的叶子渐渐露出黄灿灿的色泽,空气松爽明净,飘起一层极淡的蓝色霭气。这是一个适合恋爱的季节,米娅神奇地又爱上了对面窗子里的男人。那个老板仿佛与她前世有缘,第一次约会就对米娅说:"嫁给我吧!"这让米娅心生感动。米娅想,大卫没说过这话,史蒂夫也没有说过这话,还是自己的同胞有着一颗诚挚的心。

那是米娅给周强做完手术后的第二天,她深为自己在医术上的不争气,为在杰夫和麦琪面前丢尽了脸而沮丧懊恼。中午时分,她躺在干燥的床垫上,望着头顶的天花板,天花板上是城市晦暗的天空。她一边胡思乱想着,一边听着音乐。忽然有人喊她,她本能地啪一下关了收录机,问:"谁?"

"挂号信。"一个邮差在楼下大着嗓门儿喊。

米娅愣了好一会儿,才走下楼去签字取信。信封上写着繁体字,从邮戳可以看出是中国台北来的。米娅没有台北朋友,也没有台北的病人,但信封上明明白白写着她的名字。她撕开信封,一张薄薄的信纸飘了出来。曹鹏飞,一个陌生男子的名字跃入她的眼帘。她细细地反复默读着信,那信里满是甜蜜而又实在的语言。原来曹鹏飞就是她家对面窗子里的那个老板。米娅想，奇怪，这曹鹏飞怎么知道她的名字呢？

回到楼上，米娅拿着信望着对面窗子。曹鹏飞在信中对她的大胆追求，让她暗自欢喜。她想，也许是命吧，自己与对面窗子里的男人有着不解的缘分。于是她心潮澎湃地给曹鹏飞写回信，那热情洋溢的回信让她的脸热辣起来。几天后，她又收到了曹鹏飞热情的来信。一来二去，信就成了米娅的盼望和寄托。为了把情书写得语言优美，米娅专门到亚马逊网上买了不少文学书籍。不上班的日子，她就蜗居在家里看书。从福克纳到尼采，一串金光闪闪的名字，让她感到文学的世界真是广袤无比。

米娅盼望着曹鹏飞的归来，几乎每天都会望着对面的窗子。她想，若有一天窗子突然打开，那就是曹鹏飞回来了。那天她在家蜗居了一天，正看书看得眼睛模糊时，隔壁的李伯伯和他的妻子张岚吵起来了。暴风骤雨般的争吵中，张岚将锅碗瓢盆从窗口扔出去，正上厕所的母亲听到这歇斯底里的叫喊声，说："真是身在福中不知福。"

张岚患上了偏头痛、肺气肿，同时还牙龈肿痛、失眠、夜间盗汗。自从她的舞搭子患病后，她一直没找到合适的新舞伴，便疏于去舞厅了，没想到一不去舞厅，张岚就患病了，可李伯伯说她是装病。患病后的张岚脾气越来越坏。米娅时常能听到他们夫妻俩的争吵声，说是争吵其实是张岚冲李伯伯发火。李伯伯面对自己的女人，总是唯唯诺诺，一声不吭。

米娅不愿意听隔壁张岚发疯,便下楼去唐人街散步。她双手插在裤兜里,裤兜里有几枚硬币被她捏在手里把玩。她一边走,一边悠闲地吹起口哨。街头的宣传广告栏张贴着越来越多大小不一的广告纸。米娅走近一看"专治淋病、湿疹、梅毒",还有几张是"寻人启事""招聘酒吧女服务员""酒店女秘书"等。看过这些广告后,她继续往前走,走到广东佬水果摊旁,她发现广东佬一下子显老了。他摆了十多年的水果摊,一直原地踏步,连水果品种都还是那老几样。广东佬冲米娅说:"怎么不见你来买柠檬了?"米娅没搭话,只是微微一笑。

街道上的灰尘和汽车尾气四处飞舞。沿街的鲜花店摆满五颜六色的鲜花,那束火红火红的玫瑰,仿佛是燃烧的欲望之火。服装店的橱窗里陈列着一些来不及套上衣服的男女模特儿。街头的女孩子大都打扮得漂亮性感,期望能有超高的回头率。米娅对她们不屑一顾,也不期望什么回头率。她梦想天上掉下一张百万英镑,她拿着这笔钱就可以辞职,可以远远地离开杰夫和麦琪,可以买一套新公寓搬出唐人街去。米娅想入非非,可是回到家里,她只能再次与母亲蜗居在爱华公寓楼里。梦想和现实有着很大差别,这让米娅时常会莫名其妙地冲母亲发火。

那天米娅为了一些芝麻绿豆的小事,歇斯底里地与母亲吵架,吵完后又把自己关在房间里,用针尖把自己的大腿戳得鲜血淋滴,然后像什么事情也没有发生一样,梳洗打扮得漂漂亮亮地出门去了。中午的阳光很好,行人和车辆在阳光下散发出明亮的气息。华盛顿的秋天有一股与众不同的氛围,仿佛随时可以上演各种喜剧、悲剧和浪漫剧。米娅想起多年前与史蒂夫并肩走在秋天的街头,而今都不知道史蒂夫去了哪里。

米娅记得有一次他们穿过马路,走进一家仿古风格的咖啡馆,坐在临窗的位置上。米娅要了两份卡布奇诺,史蒂夫对她微微一笑,垂下眼睛看咖啡,用银匙挑起一丝白色泡沫说:"我喜欢你!"然后热切地望着她,突然握住她的手,把她的手放到自己的唇上,并且重复着说:"我喜欢你!"

无论假意或真心,米娅都会心一笑。然后看看窗外熙熙攘攘的街道,缤纷诱人的商店,以及一地如碎金闪烁的阳光。她什么也没有说,仿佛说什么都是愚蠢的。但有一股热潮在心里萌芽,她知道自己并没有任何抵御的能力。米娅回想着往事,觉得曾经拥有的都是宝贵的经历,只有经历才使人不空洞,不白白浪费青春年华。

黄昏时,米娅回到家里,火气已全消了。母亲正从厨房端出菜来,和蔼地说:"吃饭吧!"母女俩又重新言归于好。这晚她给曹鹏飞写回信,她喜欢用笔唰唰地写,手里握着笔的感觉真好,比电脑好多了,仿佛许多汹涌的感情能顺着笔管倾泻而下。

晚上入睡后,米娅做了许多乱七八糟的梦,一会儿梦见一条巨大的蟒蛇,一会儿又梦见一个古色斑斓的铜人。那莫名其妙的铜人,瞬间变成了曹鹏飞。她看见曹鹏飞正西装革履地朝她走来,而她身上的纯棉睡衣散发出诱人的香味。梦境不断变化着,那摇曳的葵花用株叶摩擦着她的皮肤,摩擦着她遁逃的灵魂。她仿佛要摆脱那座集死亡、出生于一体的白色医院和灰色屋顶,摆脱她的病人,摆脱杰夫医生和麦琪医生,摆脱自己正一天天朝着一个洞穴跑去的日子。

半夜醒来,窗外传来猫叫的声音。米娅是一名外科医生,本该理性多于感性,然而她却是感性多于理性。她不是艺术家,却常常出现幻觉。幻觉是一种非常独特的艺术感受,幻象世界完全不同于呆板寻常的世俗生活。米娅有时沉浸其中,看见幻觉就像幽灵在她脑海里忽隐忽现,有时会进入一个巨大的灰色纱幔,还有时会进入一片树林,她在林子里侧耳倾听,那吱哇——吱哇——阴森恐怖摄人心魂的怪叫声,一声声灌入她的耳朵。这时她的幻觉世界里会出现鲜红的罂粟花开遍了原野。她在幻觉里顺着田间小路向前走去,她的血液、她的肌肤、她的整个身心都洋溢着罂粟的熏香,仿佛醉了似的,如影似幻又飘飘欲仙。她想,多少艺术家在寻找这种幻觉啊,幻觉充满了艺术的魅力,可艺术对米娅来说无关紧要。

米娅作为一名医生需要的是冷静和思辨,这种幻觉只会妨碍她,让她在手术中不能全神贯注,也很容易造成手术失败。她想起给周强做的手术,就是因为脑海里突然出现了幻觉,而使她的思维停顿了数秒钟,才造成可怕的后果。因此,幻觉对她来说是可怕的,几乎让她觉得自己不配做医生。

天快亮的时候,米娅醒了,吃过安眠药后睡去又醒来,整个人昏昏沉沉、晕晕乎乎。起床时,屋里仿佛弥漫着腐烂的、令人作呕的古怪气味。那是什么气味呢？米娅的目光小心翼翼地在屋内移动,忽然被吓得魂飞魄散。她看见地板上仿佛趴着一具极其瘦长的尸体,细长的腿一直延伸到花架。她揉了揉眼睛,发现原来是花架在灯光下的影子,让她虚惊一场。

这会儿,米娅坐到梳妆台前梳妆。梳妆台的镜子是鹅蛋形的,她看到镜中的自己,觉得自己状态不错。上班前,她早早地把给曹鹏飞的信寄走了。

第八章　反目成仇

一

那些天病房里有一位病人，是某部的官员，医院安排一级特护，抽调最好的护士，二十四小时排班不离人，这位官员躺在病榻上还领导医生对他的治疗。他刚住院时，会诊专家坐满了一屋子，有内科主任医生、外科主任医生、神经科主任医生、脑外科主任医生、内科主任医生等，最终确诊他是脑癌。他的夫人一听到这个诊断，十分震惊，以他夫人仅有的医学常识，认为世界上最可怕的疾病莫过于艾滋病和脑癌了。这位官员是麦琪的病人。轮到米娅值夜班时，无奈地必须代管一下。

自从周强的手术出了一些小差子后，米娅在医生们中就更加抬不起头来了。她认为一定是麦琪在背后贬损她，制造流言和八卦。那天米娅值夜班,由于接到曹鹏飞要回华盛顿哥伦比亚特区的电话,她的心就像鸟一样,随着他的声音飞出了医院,飞到了他的身边,于是在给这位官员开应急药方时,开错了药。虽然不至于致命,但却属于玩忽职守。本来只要麦琪不吭声,事情也可隐瞒过去,可是麦琪看到后,理直气壮地将米娅告到了医院领导那里。麦琪想,别怪我不念在从前同学的份儿上,这可是一个医生绝不允许出现的情况。

这天米娅值完夜班,并不知道自己给这位官员开错了药方。她在盘算值完夜班后,两天的休息日该如何安排与曹鹏飞的相聚。她走在回家的唐人街上,心情很好,她发现季节开始入冬了,有一些雁鸣散淡地掠过屋顶,风吹动着树枝,落叶像片片死蝶坠落地面。小路很安静,它藏在大马路梧桐掩映的皱褶里,藏在高大而疯狂的钢筋建筑背后,仿佛某一户普通人家的后院,平实沉静地过着自己的日子。是的,这一切与华盛顿哥伦比亚特区的辉煌繁荣、内敛含蓄、强劲却兼容并包有关,却与享乐无关。它飘着底层市民的庸常生活,而这庸常生活又是米娅喜欢和熟知的。

米娅走到楼上,第一件事就是打开自家的窗子,望着对面曹鹏飞家的窗子。她知道曹鹏飞此刻正在乔治城 M 街上的商店里,但他那打开的窗子仿佛是一对张开的翅膀,扑腾腾地向她飞来。她会心一笑,想着黄昏他们将共进晚餐,将真正从鸿雁传书到四目相对,不知到时自己将会是什么感觉?

母亲并不知道米娅又与对面窗子里的男人恋爱了。自从史蒂夫搬走后,母亲心里有一种大获全胜的感觉。母亲最容不得女儿与洋人搞对象,在她的传统思想里,女儿不找上海男人,起码也应该找个中国男人。母亲见女儿下班回来的心情不错,说:"中午饭你自己做,我和陈姨逛街去。"

"哦,去吧!"米娅回答道。

其实母亲并不是与陈姨逛街去,而是与隔壁老李逛街去。母亲本来不打算外出的,老李晨练回来在楼道里和母亲说:"华盛顿有很多新景点你没有去过吧?今天天气好,我带你去走走。"母亲心里想,凭什么要你带我去?但嘴上还是答应着:"好吧,找上你妻子一起去。"老李说:"她去医院了呢!没一天时间是不会回来的。"

"我们往右走吧!"老李说着便迈开脚步。走出唐人街,他们穿过一条小马路后,母亲跟在老李后面,只顾低头走路。老李不时地回转身来,与她说些什么。老李的声音淹没在各种噪声里,但他还是不屈不挠地说着。马路上的汽车开得都太快了,又过马路时,母亲猛地拉着老李的衣服,走得胆战心惊。

米娅整整睡了一个白天,醒来正好已到黄昏时分。母亲还没有回家,家里静悄悄的,一点声音也没有。米娅满脑子想着与曹鹏飞的约会,想着该穿什么衣服才最美丽动人。米娅打开大衣橱,里面琳琅满目的衣服却让她觉得少一件最得体合适的。于是她一件件地试穿起来,穿到在曹鹏飞那里买的铁血红大衣时,忽然眼睛一亮,心里想,就穿这件吧!

梳洗打扮完,米娅锁上家门走在小巷子里时,天地之间一股灰色的雾气阴郁而浪漫;就连平时让她生厌的老房子墙上黄色的斑斑驳驳,也仿佛有着唐人街爱情故事里的遥远传说。米娅坐地铁到国会大厦,那是他们约会的地点。黄昏里,国会大厦依然人潮涌动,米娅猛地看见曹鹏飞向她走来,仿佛久别重逢,一股欣喜和激动让她飞奔而去。

"嗨,曹鹏飞。"米娅喊着。

"米娅,你来啦!"曹鹏飞微笑着快步迎上来道。

曹鹏飞有着生意人的精明,能说会道又很有分寸感。他们来到一家非常雅致的中餐馆就餐。这里天上飞的、水里游的、山里跑的,应有尽有,曹鹏飞出手大方,山珍海味让米娅食欲猛增。吃完晚餐,他们又来到一家烛光幽暗的咖啡馆,里面有着褐色的高高护壁板和褐色的小圆桌,还有轻轻流淌的音乐,是个谈情说爱的好地方。这罗曼蒂克的感觉让米娅感觉与曹鹏飞的第一次约会非常惬意。

与曹鹏飞一起走在唐人街上,米娅情不自禁想起了从前的大卫和史蒂夫。仿佛旧瓶新酒,关于恋爱的技巧,米娅已从他们身上学到不少。这一次,她决定不再去对面窗子的那间小屋子了。她要让曹鹏飞感受到她这个上海女性的纯洁和傲气。

第二天一早,米娅照样像平时那样吃了母亲做的早餐,然后去医院上班。然而一走进医生办公室,还没来得及换上医生工作服,杰夫医生便找她谈话了。杰夫医生冷酷严厉的目光逼视着她,让她莫名其妙,她说:"你找我有什么事?"杰夫医生说:"你给那位官员开错了药,你这是玩忽职守。"米娅惊讶地说:"不会吧?"杰夫医生拿出那位官员的病史档案说:"你自己看看吧!"米娅看后,哑口无言。杰夫医生说:"你好好反省自己,等着受处分吧!"

这件事像一记闷棍砸在米娅头上,米娅马上想到了麦琪。如果不是她告状,领导根本不会知道。这分明是麦琪别有用心地与她彻底撕破脸了。米娅感到非常震惊,没想到自己会栽在麦琪的手上。她顿时气急败坏,心想,麦琪怎么这样的阴险毒辣,好吧!你要让我受处分,我就要你的好看,咱们走着瞧!

上午查房时,米娅没有看见麦琪,有人说她去医学院演讲了,也有人说她去州里开会了。米娅克制住心中的怒火,忙碌地工作着。查完病房,她还没进医生办公室,那位官员的夫人便追出来道:"我丈夫已经患脑癌了,你还给他吃错药,你安的什么心?你想他提早死吗?你没有医德,你不配做医生。"

官员夫人嗓门儿很大,聒噪的声音让几乎所有能起床的病人都从病室里出来看热闹。他们七嘴八舌,议论纷纷,与官员夫人一起谴责米娅。米娅被谴责得连连道歉,恨不得有一个地洞能钻进去。但病人们还是不放过她,有一个男病人指着她的鼻子骂:"你怎么能把我们的生命当儿戏?你这狠心的女人,该千刀万剐。"

护士长从楼下消毒房上来,趁她劝病人们回病房的当儿,米娅惊恐不安地溜回医生办公室。回到医生办公室的她,对着墙角呜呜地哭起来。护士长进来说:"惹恼了病人问题就大了,不过也没有过不去的坎,不要伤心,有错就改嘛!"护士长这么一说,反倒让米娅由悲伤转为愤怒。她止住了哭声,咬牙切齿,但又不便向护士长说什么。她觉得自己现在的处境全是麦琪一手造成的。

米娅冷静下来后照常工作,然而病人开始躲她远远的。护士们在她背后嘀嘀咕咕,医生们更是幸灾乐祸。米娅无奈地熬到下班,心里想,这仇非报不可。她必须马上找麦琪,必须质问她为什么这样做?于是米娅打出租车找到了麦琪的新居,可麦琪不在家,米娅在门口等,门卫说她通常晚上十点左右才回家。由于与曹鹏飞有约会,米娅决定改天再来找她算账。

这晚与曹鹏飞在酒吧约会,米娅并没有把这件丑事告诉曹鹏飞。她尽量让自己高兴起来,沉浸在恋爱的幸福中,可是思想老是游离出去,曹鹏飞看出了她的心不在焉,说:"你在想什么?你爱我吗?"米娅不置可否。曹鹏飞说:"我第一次看见你,就爱上你了,这叫一见钟情。我会永远爱你,直到地老天荒。"米娅苦笑了一下,望着酒吧窗外川流不息的车辆,一杯杯地喝酒。

二

母亲见米娅喝得醉醺醺回来,不知道她与谁约会了。母亲狐疑地望着女儿,但又不敢直截了当地问。她知道,一不小心,女儿又会冲她歇斯底里地发火。母亲后悔自己没教育好女儿,把她宠坏了。米娅倒头就睡,一醉解千愁,竟然一夜无梦。第二天清晨醒来时,米娅清醒了,忽然想起病房里的某个医生干过不少缺德事,至今逍遥法外,而她只不过犯了个小错误却要受处分。她感到不公平,但又一想,谁让自己撞在麦琪手里,又撞上了那位官员这样的病人。

早上,米娅刚走进六病区就见到唐医生已经等候在那里了。他见到米娅便柔声细气地安慰道:"米医师别担心,一切都会好起来的。"唐医生的安慰让米娅鸡皮疙瘩都起来了。她对唐医生冷冷地说:"我没什么,谢谢你!"

米娅走进医生办公室,发现麦琪仍然没上班。护士长说:"麦琪开会去了,起码一个星期。"米娅心里又升腾起一股妒火和仇恨。她坐在办公桌前一动不动,杰夫医生对她说:"今天调你到门诊坐班,现在就去。"米娅说:"为什么临时调我?"杰夫医生说:"工作需要。"米娅强忍怒气,只能乖乖地去门诊坐班。门诊比病房忙,米娅一直忙到中午十二点多才把病人看完。

中午午休时,米娅觉得头痛,是那种针刺般的痛,那痛仿佛已不仅仅在头上,而是在她的全身。她从抽屉里找出止痛片,用一杯冷开水送下去,不多久头痛就被止住了。坐她旁边的一位男医生说:"你带病坚持工作?"米娅笑笑,没吭声。

下午还没上班,走廊上已坐满了等待的病人。米娅一想到那天病人对她的谴责,便心里愤愤难平。她觉得人变坏,也许是被逼出来的。如果说从前她没有刻意干过坏事，那么现在她便要故意干坏事了。她打开门，早就预约过的病人蜂拥而入。提早上班的她心怀鬼胎，将处方的药名写得非常潦草，并且故意开错药。开始她还有一些慌乱和胆怯，但给几个病人开完药，胆子就大起来。她突然感到一种报复和发泄的快意，原来干坏事也是非常痛快的！

　　冬日里，傍晚六点天已经黑下来了。米娅走出门诊，回到六病区医生更衣室，正想脱掉工作服穿上自己的大衣时，麦琪一头闯了进来。她想，她不是出差开会去了吗？莫非护士长骗自己？米娅一见麦琪就来气，说："我正要找你，我们到一楼解剖实验室去谈。"麦琪说："有什么事非要到那里去说？"米娅道："我们俩的私事，我不想让别人听见。"麦琪应了一声，便与米娅一前一后去往一楼解剖实验室。

　　医院的解剖实验室与米娅和麦琪上医学院时的解剖实验室没有什么差别，一股福尔马林的气味回荡在实验室，十分刺鼻，那些被福尔马林浸过的尸体，陈列在人体玻璃柜里，这对外科医生来说，早已习以为常。米娅对麦琪说："我们是同学又同事了那么多年，并且我们还做邻居了那么多年，你说你为什么要害我？"麦琪说："我害你什么了？"米娅紧追不放道："你害了我，还不肯承认？我开错药你为什么不和我说，为什么要向医院领导汇报，你居心何在？你在病人中制造我开错药的流言，你想煽动病人来整我？"麦琪说："你说到哪里去了？你是不是想得太多了？"米娅说:"在事实面前你还不承认?你说你为什么想整我?"麦琪说:"我没空和你说这些。"麦琪说着就往外走,米娅一把抓住她道:"你给我说清楚。"

麦琪一边说:"你让我说什么呀!莫名其妙。"一边挣脱着米娅抓住她衣服的手。然而米娅紧抓不放,怒气冲冲地说:"你给我说清楚,不然没那么便宜你。"麦琪说:"你是不是疯了,你想干什么?"说着拼命想扳开米娅的手。于是两个人扭作一团,互相撕扯着。麦琪忽然猛咬了一口米娅的左手。米娅一阵疼痛,右手突然抓起桌上一把尖刀闪电般地朝麦琪刺去。

麦琪"啊"的一声倒下了,鲜血顿时从她身上流出来。米娅被自己的举动吓得脸色煞白,一动不动地站着。半晌,她才慌慌张张地去医院保安处报警:"我杀人了。"医院保安处的值班人员说:"米医生你别开玩笑了。"米娅说:"我没开玩笑。"

闻讯而来的医生和护士,很快把麦琪抬进急诊室。经过一番抢救,麦琪脱离了危险,但依然昏迷不醒。抢救医生说:"若伤口再偏一点点,就触及心脏了。"随后医院领导让麦琪住进特级病房,并配备了一级特护,而米娅则被警察送往警察局拘留了。

这天晚上,母亲一直在等米娅回家吃饭。在等待的焦虑中,她拿出针线匣子,想将一条钩破了的裤脚补一下。很久不拿针线的母亲戴上老花镜东一针、西一针地缝起来。时间静静地流淌着,母亲埋头缝着,突然想起小时候家里的竹编针线匣是与祖母形影不离的。祖母是做针线的高手,一个晚上就能纳好一只鞋底;缝补衣裤,针脚也是密密实实的;有时还能用碎布,缝出好看的拼花窗帘。那时候家里没有缝纫机,祖母似乎每天都在飞针走线。母亲觉得时间过得真快啊!眨眼间,就过去几十年了。

补完裤子,母亲抬头看看电子挂钟,已经晚上八点多了,饭菜早凉了,她的肚子饿得咕咕叫,便自己冷菜冷饭地吃了。她心里想,女儿怎么这样不懂事,也不给她来个信儿,是不是下班后去约会了呢?母亲在楼道倒垃圾时,隔壁老李也来倒垃圾,便对他说:"米娅还没回家,不知道去哪里了?"老李说:"她都三十多岁了,都该出嫁了,你还管她这么多干啥?"母亲想想也是,便不吭声了。

自从上次与老李逛了街,母亲与他的关系变得微妙起来。虽然不曾有什么亲密行为,但母亲看老李的目光与过去不同了,邻居做了那么多年,却仿佛才认识似的。母亲有时也会像老李那样站在门外偷窥。母亲偷窥,主要是想了解张岚是否出门了。如果张岚出门了,那她找老李来家里修个灯泡什么的,就有一种名正言顺的感觉。

晚上十一点多,母亲一觉醒来,发现女儿还没有回家,便焦急起来。她披衣而起,给女儿打手机,可是手机里传来的声音是对方已关机。母亲啪地搁下电话,恼火地念叨着:"太不像话了。"不过母亲转念又想起老李说的话,觉得似乎有些道理,便钻进被窝继续睡觉了。

天没亮,母亲就醒了。母亲发现女儿仍旧没回家,又着急起

143

来。她想,如果值夜班,女儿一般都打电话回家,尽管也有那么一两次没打电话,但那本来就是轮到她值夜班。母亲敏感地觉得事情有些不太妙,会不会被车撞了什么的?当然母亲马上"呸呸"两下,觉得这样是诅咒女儿。母亲猜测着,心里惶惶不安,她想给女儿单位打电话,可是一下子找不到那个电话本子,于是她决定去医院看看。女儿在肿瘤医院工作那么多年,她却一次也没去过。

母亲不知道去肿瘤医院该坐几路公交车。她出门时遇上老李去公园打太极拳,便问道:"你知道去巴赛斯达肿瘤医院坐几路车吗?"老李说:"这个问你女儿最清楚了。"母亲说:"我就是不想问她,才问你。"老李道:"你一大清早做啥去?"母亲说:"看病。"老李说:"看你身体好好的,怎么要去吓人的肿瘤医院看病呢?"母亲说:"你别啰唆,我问你坐几路车?"老李说:"我从没去过肿瘤医院,怎么知道?"母亲说:"嗨,难得找你问路却是一问三不知,亏你还吹牛说华盛顿特区没你不知道的地方。"母亲撇开老李,快步朝车站走去。

车站站牌上的字特别小,母亲没有戴老花眼镜,模模糊糊看见有开往肿瘤医院的车就上去了,谁知坐反了方向,待到终于坐对了车,已经浪费了半个多小时。下了车,母亲东问西问总算找到了肿瘤医院。她知道女儿是在六病区病房工作的,于是又穿过新大楼,找到了六病区这栋陈旧的木结构楼房,然后踏上"吱吱"作响的楼梯地板,找到了病房和医生办公室。

母亲先不声张,东张张、西瞧瞧,想着如果自己能找到女儿,便不用问人。她知道女儿一直不想她来医院,心想千万不能给女儿丢脸,得小心翼翼地。母亲从病房的东头走到病房的西头,但连女儿的影子也没看到,等她再回转到医生和护士的办公室门口时,医生们开始查房了。母亲不敢走得太近,她在医生护士们中间寻找女儿的身影,可是仍没发现女儿。她的心咚咚地跳得厉害,终于按捺不住地问一位小护士道:"米娅是在这里上班吗?"小护士说:"是的。不过她被带到警察局去拘留了。"母亲大吃一惊:"你说什么?她怎么会被警察局拘留?"小护士说:"她杀人了。"母亲眼睛睁得很大,说:"你在胡说吧?这怎么可能,她连一只鸡也不会杀,怎么会杀人?"小护士说:"她是杀人了。"

母亲一阵晕眩,昏倒了。

三

母亲醒来后,发现自己躺在病床上。她嚷着要去看米娅,杰夫医生便派小护士陪同母亲去警察局拘留所。一路上,母亲担心地问小护士:"会判刑吗?"小护士说:"我不知道。"母亲问:"麦琪有生命危险吗?"小护士依然说:"我不知道。"母亲觉得这小护士就像隔壁老李一样,一问三不知。母亲悲伤地走着,做梦也没想到女儿竟然会杀人?这是多么败坏名声的事啊,这事纸包不住火,让她在唐人街爱华公寓楼里怎么做人?母亲一边走,一边伤心地掉眼泪。

145

米娅被关在警察局拘留所,见母亲来了说:"妈,你来这里做什么?我的事,我自己负责。"母亲说:"你要悔过自新,求得宽大处理。"米娅说:"我是正当防卫。"母亲说:"警察局不是自己家里,你不能任性,明白吗?"米娅说:"妈,你回去吧!"说着一扭头,进里间去了。母亲望着女儿的背影,哭喊道:"米娅,你……"

母亲被小护士送回家里。小护士一走,母亲便倒在床上伤心地痛哭起来。母亲呜呜的哭声,让隔壁老李以为她得了不治之症。老李轻轻地推开门道:"查出来什么病?"母亲说:"病你个头?"老李不解地问:"那你为什么哭得这样伤心?"母亲终于忍不住说:"米娅她,她杀人了。"

母亲的话就像炸弹一样,炸得老李浑身瘫软,他说:"不会吧,女孩子怎么可能杀人?"母亲说:"她是杀人了,杀的是她的老同学麦琪。"老李说:"麦琪死了吗?"母亲说:"不知道。"老李说:"都是你把她宠坏了。"母亲说:"我们母女相依为命,我不疼她谁疼她?"老李说:"你永远有理。"

老李回自己屋子后,就把米娅杀人的事跟妻子张岚说了。张岚一转身,就像做广告一样幸灾乐祸地从小巷子的东头说到西头。小巷子里那些喜欢听新闻的男女老少,围着张岚问长问短,表露出一种惊讶。张岚说:"人不可貌相啊,狠毒的人啥事情做不出来?"

曹鹏飞听见楼下天井里叽叽喳喳很热闹,开始由于听不太懂上海话,并没有留心,可是他无意中听见"米娅怎么杀人了"便警觉起来。他竖起耳朵,那些令人恐怖的话就像电影里的故事一样,令他似信非信。他马上拨打米娅的手机,可手机是关机的。莫非他们说的是真的?曹鹏飞心里有些焦急,他想证实这到底是不是真的。

由于打不通米娅的手机,曹鹏飞只好到米娅家找她母亲证实情况。他来到米娅家敲门,母亲见一个陌生男人,问:"你找谁?"曹鹏飞说:"我找米娅。"母亲说:"她不在。"曹鹏飞说:"我是她的男朋友,您能告诉我她在哪里吗?"母亲望着这个南方口音的中年男人,心里想,这男人比上次的洋人好多了。但仍狐疑地问:"你确实是米娅的男朋友?"

"确实是,我就住在您家对面楼里。"曹鹏飞说着用手一指,母亲仔细地打量着他说:"你才认识米娅不久吧?"曹鹏飞说:"认识很久了,谈朋友时间不长。"母亲"噢"了一声,内心复杂起来。

到底是如实叙述还是隐瞒事实,母亲心里七上八下。经过一番激烈的内心搏斗,母亲选择了如实叙述。她把女儿的情况一五一十地向曹鹏飞述说了。曹鹏飞听后沉默不语,临走时说:"我去拘留所看看她吧!"母亲目送着他的背影,直到看不见为止。

米娅没想到曹鹏飞会来拘留所看她。事情一发生,她就觉得与曹鹏飞的恋爱完结了。现在曹鹏飞就坐在她对面,没有任何责备她的话,诚恳地说:"我会帮你请律师。"米娅被感动了,眼里泛起泪花。

会面是有时间限制的,在看守的催促下,曹鹏飞离开了拘留

147

所。他这一生还从来没有去过拘留所探望人,这一次却在美国的首都华盛顿哥伦比亚特区的拘留所探望了自己的女朋友。他觉得这简直是月老跟他开的玩笑,他一边走一边想,走到大马路上叫了一辆网约车钻进去,他没有回乔治城 M 街上的服装店,而是去找一个他认识的律师。他最担心的是麦琪是否有生命危险,如果没有生命危险,一切就好办得多。

由于麦琪是医学界的知名人物,被刺后不少报纸报道了消息。尽管犯罪嫌疑人用了化名,但知情的人一传十十传百,不出一个礼拜,米娅已经臭名昭著了。麦琪脱离危险后,每天都有来探望她的领导和病人,周强在报上看到消息,也拿着鲜花前来医院探望。

大部分六病区的医生和护士都知道,麦琪昏迷不醒的这两天,最紧张的人就是杰夫医生,他几乎一下班就陪在麦琪身边。医院里的护士和医生议论纷纷。有人说,他们老早就恋爱了。有人说,杰夫医生被前妻甩了,才与麦琪恋上的。无论怎么说,他们的相恋已是既定事实。

米娅已被警察局拘留一个多星期了。拘留所什么样的犯人都有,与她一屋住着五个犯人,有做暗娼的、有偷窃的、有经济犯罪的、有虐待老人的、有杀人未遂的,五个女犯人住在一起常常为一点芝麻绿豆的事争吵。自从被拘留后,米娅就没洗过澡,整个人又脏又臭。她已经顾不得太多,像女巫一样任蓬乱的头发披在身上,散发出鬼魅般的气息。那天唐医生去拘留所探望米娅,差一点就认不出她了。

"你来做什么?"米娅冷冷地说。

"我来看你,你会好起来的。"

米娅每次都听唐医生说同样的话,十分扫兴。她对他说:"你怎么就不会说些别的?"北卡唐医生说:"麦琪醒过来了,你的罪应该不会太重。"米娅说:"你回去吧,我现在是罪人。"唐医生说:"罪人又怎么样呢?我就喜欢和你在一起。"米娅说:"没有人能和我在一起,你回去吧!这不是你该来的地方。"米娅说着转身回屋去了。唐医生冲她的背影摇摇头,悲哀地道:"你何苦呢?"

自从调到门诊后,唐医生学起了中国针灸,开了一个门诊中医针灸科。他身上弥漫着一股浓烈的艾草味,仿佛每个毛孔都饱吸了这种气味。那是一种十分独特的植物香气,令人怀旧,似乎能把人带到发黄的过去。他很想能有机会把他学到的针灸技术说给米娅听,可是她从来没给过他机会,这让他十分沮丧,但他仍然对米娅死心塌地。他相信总有一天,米娅会觉得他是天底下最适合她的好男人。

唐医生这么想着已回到医院,走进了他的中医针灸科。有几个病人正等着他看病治疗。针灸科的光线是暗淡的,仿佛只有这样的光线才能令人体会到时光的悠长,体会到苦艾的香气从唐医生的手指尖嘶嘶地冒出来,弥散到空气中。那些神奇的植物叶子,在不充分的燃烧中,把它的热量和药效通过银针向患者的穴道传递,这是多么有趣的事情。唐医生希望米娅能够和他一样喜欢上针灸,为更多的病人服务。

"针灸对人类的助益是无穷的",唐医生一边给病人治疗,一边说:"以内关、合谷、足三里这三个穴道为例,常刺内关可以镇定脾胃、抑制呕吐。妊娠、酗酒、晕高、晕船、晕车、晕机、失眠、吸毒、噪声侵扰、忧郁症、贫血等,凡此种种均可引起程度不等的呕吐,而针刺内关穴位,一切便迎刃而解。针刺合谷,对解决和预防胃痛、胃下垂、胃痉挛、胃穿孔、胃癌、胃溃疡、胃酸过多、胃麻痹、便秘、肠梗阻、肠穿孔、肠炎、肠癌等一系列消化系统的疾病,都有一定的效果……"唐医生滔滔不绝地说着,只是没有他最渴望的听众,终究是一件遗憾的事。

下班时,唐医生去病房探望麦琪,走到门口时,听见杰夫医生的声音便止住了脚步。他在病室门口偷听他们的打情骂俏,不免感到自己形影孤单。什么是爱情呢?也许只有普希金才能用爱情创造梦幻仙境,而普通人连爱是什么都不太清楚。

第九章　入狱后的生活

一

曹鹏飞花重金为米娅请了非常优秀的律师,这让母亲万分感激。母亲想,多少人落井下石,而他却慷慨解囊,抛开女儿与他的男女情爱,他还让母亲感受到一份同胞情义。开庭那天,除了当事人米娅和麦琪,还有两人各自的律师、医院领导和杰夫医生、护士长、母亲、隔壁老李、曹鹏飞、唐医生、陈姨,以及六病区的一些医生和护士等人。

庭审在一栋森严而新型的司法大楼里进行,这栋包含高等法院的建筑楼共有十六层,灰黑色的外墙给人一种肃穆的感觉。高等法院在五楼,凶杀案在414室进行庭审。庭审室里,法官席靠后墙,背后是美国国旗,法官席的左边是陪审团席位。庭审室中央是走道隔开的两张桌子,一张给公诉人用,另一张给辩护律师。

由于这起案子登过报,关注它的新闻记者来了不少。原告和被告是两位年轻的女医生,又是昔日同窗,引起各路记者的兴趣。这天的庭审坐了满满一屋子人。曹鹏飞重金请的律师是赫赫有名的华裔律师齐培建。齐培建像一条壮实、充满活力、攻击力很强的鲨鱼。他已经建立起总是能为他的委托人获得无罪释放的名声,而这一次是自己的同胞,自然他是更加卖力的。

检察官对他手下的华裔主控官杨德军说:"我把这桩案子交给你办,你得公正、公平,不能放过凶手。"杨德军说:"别担心,我会办好的。"杨德军坐在庭审室观察着米娅。米娅的眼中有一种魂不守舍的局促。毕竟从来没有经历过这样的场面,恐惧毫无疑问地爬满她的胸间,她尽量让自己的心灵躲避到另外一个时空,远远地离开此刻冰冷而严酷的庭审室,然而她又必须面对这一切,面对自己的罪孽。

主持庭审的法官是白人哈里,一个很难对付又才华横溢的法律专家。有传言说他将被任命为法院院长,但他脾气暴躁,群众关系不好,尤其对律师们缺乏耐心。庭审律师们中间流传着一句话:如果你的当事人有罪,你又打算争取到从宽发落的话,你就千万得离哈里法官的庭审远点。

就在这次开庭的前一天,哈里法官把两位律师召进他的办公室说:"我们要先定下基本原则。由于这次庭审的严重性,我希望我们之间能达成某种谅解,从而确保被告能够得到公正的审判。但是我现在要警告你们二位,不得利用这一点占便宜,明白没有?"

"是,法官大人。"

"是,法官大人。"

庭审进入高潮,旁听者和新闻记者们发现控方律师与辩方律师都魅力十足,煞是精彩。两位律师旗鼓相当,就像一场棋赛中的两个棋手在殊死厮杀。这时,旁听席中爆出一阵喧嚣,哈里法官用小锤敲打着桌面说:"你们吵什么?这是法庭。"

接下来,一片肃静。一会儿,辩方律师齐培建向陪审团作总结性的陈述。他说:"女士们、先生们,你们已经听到大量有关米娅的证词,之所以米娅突然刺杀麦琪,是在被麦琪咬伤之后的行为,这行为属于正当防卫。"齐培建说完直视陪审团的每个成员,接着又说:"证据确凿,你们看米娅左手被咬的伤疤吧!"说着,齐培建将米娅的左手举了起来。两位律师激烈地辩论着,法庭内又出现一阵喧嚣。

米娅仔细地听着每个字,心情紧张、面色惨白。

旁听席又是一阵喧哗,主控官杨德军一脸茫然,但他心里在想,绝不能让米娅这个女人逃脱了,应该判她蹲监狱,最少五年。齐培建的雄辩,让主控官杨德军一下无力反驳,但后来他又力挽狂澜,摆出了许多事实让齐培建一时哑口无言。

"肃静、肃静!"哈里法官大声叫着,"休庭十分钟。两名律师请到我办公室来。"一会儿法庭再度开庭,庭审室里的人们几乎个个儿屏住呼吸聆听哈里法官的宣判："陪审团的女士们和先生们,感谢你们付出的时间和耐心,本法庭将判处被告米娅两年有期徒刑。"

判决一出,有人说不公平,米娅明明是正当防卫,但也有人说米娅是故意谋杀,判两年已是从轻发落。大家争论不一,但也无人能改变一纸判书。母亲呜呜地哭起来,护士长赶紧把她扶了出去。曹鹏飞一个箭步走到米娅身边道："两年很短,我会等你出来的。"米娅有些激动,千言万语都汇集在眼泪中了。

冰凉的手铐无情地铐住了米娅的双手。在押赴监狱时,她突然哭喊道："妈妈,妈妈……"让那些望着她远去背影的人们一阵心酸。是啊,一个年轻的医生怎么会沦落成这样呢?

米娅被判刑,原告麦琪心里也不好受。她的眼前老出现法庭上的一幕——米娅被判刑后哭喊着妈妈泪眼婆娑的模样。她极力想逃避闪现在她眼前的这些东西,可这些东西像魔鬼一样纠缠着她,令她无法摆脱。中国农历新年快来临的时候,她约杰夫医生出门旅游,但医院的工作比较特殊,实在不能两个人同时走开,于是,她就一个人出门去散心了。

那天麦琪来到机场,熙熙攘攘的人群散发出的各种各样气味弥漫在候机大厅里。她选择了去旧金山的航班。那里有她的朋友曼蒂,但她们已经很久没有联系,麦琪也不想冒冒失失地去打扰别人。

不过曼蒂的故事她记得,那年曼蒂爱上了盖朗达。盖朗达是一个图书馆的馆员,相貌英俊,风度翩翩,喜欢作家海明威和索尔·贝娄。他有空不是驾车接曼蒂出去玩,而是躲进小屋给曼蒂写情意绵绵的信,使得曼蒂终日神魂颠倒。盖朗达从不去曼蒂的住处,也不在自己家里与她约会,只是偶尔应曼蒂之约去金门公园会面。他们的约会是在月光下的树丛里,以最热烈最缠绵的私语度过两小时的幸福时光,但离开时身心依然纯洁无瑕。为此曼蒂非常不满,抱怨盖朗达爱她不深不热烈,而盖朗达总是态度温和地说:"因为太爱你了,不想轻易占有你。"如今麦琪不知道曼蒂怎么样了,她和盖朗达结婚了吗?

下了飞机,麦琪打车去旧金山希尔顿酒店,这家酒店就在旧金山唐人街附近,离市中心和海边都很近。入住后,她发现窗外风景很美,可以看到电报山顶上著名的科伊特塔。

决定了不联系曼蒂后,麦琪就一个人去海边了。旧金山四季如春,旧金山的海有着独特的美丽。麦琪看到大海中徜徉着一条船,弯弯的一抹,在风中扬帆前行。这时她的思绪已被海风吹散,整个人空空荡荡,仿佛海已与她融为一体了。天渐渐黑了下来,麦琪坐在沙滩上看路灯一盏一盏地亮起来。一对恋爱中的男女从她身边经过,让她想起了坚守医生岗位的杰夫。

海边有家店卖自制首饰的珠子。在那个宽敞的店铺内,四处摆放着玻璃罐、藤条蓝、金属盒子。里面装着奥地利水晶珠、印度金属珠、德国木珠、秘鲁陶珠、日本梦幻珠等,麦琪想,也许都是假冒的吧!但这些式样不一的小东西,在夜晚的灯光下像精灵一样地闪光。它们是做首饰最主要的材料,符合年轻人追求新、奇、靓、酷的胃口。走过这家店铺,便是海滨浴场。麦琪是只旱鸭子,只能眼睁睁看别人游出漂亮的浪花。

在回宾馆的路上,麦琪为自己买了一瓶红葡萄酒,坐在窗口喝酒,能望见窗外波浪起伏的大海。大海咆哮的声音的确让她忘记了米娅,忘记了法庭上的一幕。麦琪忽然觉得自己没有什么地方对不起米娅,若说有对不起她的地方,那也是自己坚持了正义。麦琪这么一想,浑身顿觉轻松,一种身在异乡的浮想联翩,让她感到惬意。

半夜杰夫给麦琪打来电话,那一刻她正在浴缸里沐浴,午夜的铃声是那么地刺耳。她湿淋淋地拿起手机,便听见杰夫磁性亲切的声音。那是恋爱中男人才有的声音,麦琪为这声音感到幸福。搁下电话,她裸着身子在开满暖气的房间里,用一块大浴巾擦头发,目光游移到墙上挂着的一幅油画上。那画上,一个美丽的妇人凝固在白色衣裙上,仿佛是一束永不凋谢的白花,有着致命般的冷艳。她非常喜欢这画中女人的意境和冷傲。

也许是独自旅游终归少一份雅兴,到了第三天,麦琪就想回华盛顿哥伦比亚特区了,似乎快一分钟到华盛顿,就能早一分钟幸福,真是归心似箭。麦琪知道华盛顿已与她不可分割,她特别喜欢华盛顿,喜欢华盛顿的氛围和空气,还有与米娅一起居住过的唐人街上的爱华公寓楼,那里随处都能见到中国人,听到普通话,看到中餐馆。

麦琪后来搬到了威斯康星大道上最繁华地段的新公寓里,

从十四层高楼窗口望出去，能看到包括华盛顿纪念碑、白宫、杰弗逊纪念堂在内的鳞次栉比的建筑群，还有波多马克桥和桥下银光闪烁的波多马克河。有时，她会在玻璃窗前，望着窗外的华盛顿纪念碑浮想联翩。有时，她会与杰夫相约去国家美术馆，大屠杀纪念博物馆，印第安人博物馆，附近广场上的鸽子群起群落，街道上的树木郁郁葱葱。地铁带着无与伦比的昏眩在地下开着，碾过生生死死的梦境，在前世、今生和未来的背景中，投下一道深邃的阴影。

她认为，所有的命运，其实都在重复着同一种命运。

麦琪在旧金山的最后一天，正好是星期天。她独自去了金门教堂做礼拜，教堂里挤满了人，大家在牧师的带领下，读《圣经》、唱赞美诗，肃穆且虔诚。坐在麦琪身旁的女人很健谈，她告诉麦琪她是从上海来旧金山的，丈夫是画家，儿子是七年级学生，业余弹钢琴。她还告诉麦琪，两年前她丈夫因高血压半边瘫痪，不能作画，生活也不能自理了，一家的经济来源和家务重担全靠她，其间还要接送儿子去学校读书和上钢琴课。麦琪被她的经历触动了，眼里流出了同情的泪。这时候麦琪忽然想到了母爱，想到了米娅的母亲，也想到了她自己的母亲。散场时，牧师赠了麦琪一颗镀金"爱心"。麦琪有些羞愧，仿佛自己缺乏爱心似的心虚。

麦琪从旧金山回到华盛顿后，眼前虽然已不再闪现法庭上的那一幕，但宽敞的家里，不时会出现一种"嚓嚓嚓"的声响。她收拾了一下家，什么鸟兽虫鱼也没看见。可是到了深更半夜，这

157

种"嚓嚓嚓"的声音越来越响,仿佛家里有鬼魂似的,这让麦琪惊恐不安。为此,麦琪把家里的家具都移动了一番,还找杰夫陪她一起住,然而那"嚓嚓嚓"的声音,像个毒瘤一样不曾消失。

二

米娅在监狱,眨眼就过去大半年了。她已习惯了监狱生活,脸色也不像站在被告席时那么苍白,从前在家里时饭量很小,如今一顿能吃两个汉堡包,加上大包薯条。犯人每天都有劳动任务,女犯人做缝纫工,米娅的任务是在服装流水线上装袖子,开始总是因为装不好而被管她们的四号女监说成表现不好,无奈,从来不拿针线的米娅,只得刻苦钻研装袖子的缝纫技术。

母亲开始隔两三天,便会来监狱看女儿,时间久了,便十天半个月来一趟。其实来了也没有话说,母亲不知道该和女儿说些什么,有时只是四目对望,默默无言,那种无言的痛,对母女俩都是刻骨铭心的。有时母亲转身回去了,米娅会目送着母亲的背影直到看不见为止。这时,米娅发现母亲又老了很多,满头的白发和微驼的背,有一种风烛残年的感觉,此时米娅的心会微微颤抖,眼泪会情不自禁地掉下来。

母亲并没有认为自己老了,她期盼着女儿早早出狱,即使不能回医院工作了,还有她的退休金呢。在探监回家的路上,她去超市买了鸡蛋、白糖、哈密瓜和草莓。从前母亲走在唐人街上,有那么一股住了几十年的自豪感,而现在,因为做了劳改犯的母亲,她如同过街老鼠那样被人指指点点抬不起头来。小巷子里的老邻居大部分都是那么地势利,就连隔壁老李也是尽量避她远远的,避不掉时也不和她说话。

母亲很伤心,陈姨庭审那天来过后,就再也没有来过家里。母亲觉得几十年的姐妹情谊,宛如没根的草,被一阵风吹散了。在她最需要姐妹情谊时,陈姨却连个影子也看不见。母亲叹了一口气,感受着从没有过的孤独。

那个春暖花开的中午,母亲懒得做饭,又到唐人街上廖斌的快餐店买盒饭。廖斌自然知道她的女儿被判刑了,但他当作不知道,依然对她很客气。母亲内心升腾起一阵温暖和感激。母亲和廖斌聊了一会儿天,这是女儿坐牢后,她与邻居说话最多的一次。话一多,她的心情就舒畅,走起路来脚步也轻快了不少。

廖斌说:"你现在一个人,自由自在的,常来我这儿坐坐。"

母亲说:"好啊!我正愁没地方去呢!"

母亲说着便捧着盒饭回家去了。走在小巷子里,金灿灿的阳光透过浅棕色、深黄色、墨绿色的树叶,一缕缕地照在母亲身上,而一些灰尘在阳光里跳舞,像一种挥之不去的、对陈旧岁月的感伤。母亲捧着盒饭,走过小巷子里新开的花店时,看到一捧捧康乃馨、苍兰、马蹄莲和玫瑰,开得热烈而蓬勃。母亲节快到了,有谁能送她一束康乃馨呢?

绕过花店,就到了爱华公寓楼自己的家里了。现在她很少见到隔壁老李,不见也好,也不用受他的冷眼和瞧不起。此刻,母亲坐在窗前吃盒饭。自从知道对面住着女儿的男朋友曹鹏飞,母亲几乎每天都会望望对面窗子。有时正好打到照面,她便赶快转过头去。她不是不想与曹鹏飞聊天,而是一怕说错话,二怕给他心里增加负担。

曹鹏飞每个周末都去探监,他并没有嫌弃米娅,于他而言,这不过是爱情路上一段不寻常的经历。

母亲和曹鹏飞的探监,是米娅在监狱的两大精神支柱。尤其在不需要劳动的节假日里,若没有亲人来探监,时光就会变得相当漫长。有一次曹鹏飞因为回乡,一个多月没来探监,米娅一干完活儿就躲在光线昏暗、空气混浊的小黑屋里,有一种不知今夕何夕,已经死过了的感觉。仿佛这黑暗、这霉味、这木床和自己的头发、内心里的伤痛等等,都是与生俱来的。它们在荒谬中达成一种契约,共同组成一个犯罪之人的存在,以及本体之外的延伸。

那些日子,米娅在无边无际的静默与黑暗中,被毁灭殆尽。她不再是她,也不再是集暴怒、欲望、仇恨、妒忌、疯狂、冰冷、茫然、恐惧、悲悯、忏悔、喜悦于一身的储存体。回想入狱以来,米娅已经被提审过几次,但他们都对她比较和气。她脸上的坦率表情,以及她外科医生的身份,也都让他们对她发生兴趣和感到好奇。所以当她冗长地叙述她的个人经历时,他们表现出巨大的耐心。而她在讲述自己的故事时,使用的细腻语言和精确的节奏感,让他们惊讶一个医生居然有如此的文学想象,仿佛她所讲的不是自己的经历,而是别人的故事。

比起米娅在监狱里的生活,麦琪的日子简直是在人间天堂了。她和杰夫医生摆完新婚酒席后,两人便一起去法国度蜜月了。登上赴法国巴黎的航班,麦琪凭窗远眺,机翼下烟水茫茫,点点白帆疏密有致,她的思绪一下被拉到塞纳河畔的巴黎。那是她企盼已久的地方,尤其与心爱的人一起去,仿佛有一种幸福从天上掉下来的感觉。塞纳河畔的风光、卢浮宫的艺术藏品、香榭丽舍大街的时装展览、凯旋门神圣巨大的浮雕,以及巴黎灯火辉煌的夜晚,使麦琪和杰夫尽享浪漫。

他们已经把米娅完全遗忘了,六病区的其他医生和护士也已经把米娅完全遗忘了,总之在六病区没有人再提起过米娅。此时的米娅正逐渐从消沉中恢复过来,开始每天写日记。她忽然觉得这狱中生涯也是一段宝贵的人生经历。有时脑子空空的,不知道该写什么时,她就记天气变化。她在日记本上写道:晴转大雨,不知所措。前途迷惘,但要对自己有信心。

炎炎盛夏漫漫无期,女监小屋里的那种热,是能够让人体力与智力都变得虚弱、衰竭的热。米娅想起小时候家里为了省电不开空调的日子,她老是透过窗子看夜晚的天空。有时天空灰蒙蒙地散发着热气,让母亲发出轻微而痛楚的呻吟,而黑暗中,一些细小的、不知名的虫子会擦着她的脸飘过去。这经历使她面对夏日女监小屋里的爬虫和飞虫,不至于大惊小怪。

那天太闷热了,母亲大汗淋漓地来看她,让她感到自己的罪孽。她忍不住当着母亲的面就哭了,哭得母亲的心都碎了。母亲像哄小孩一样哄她:"乖,听妈妈话,别哭了。天无绝人之路,何况你还有妈妈和曹鹏飞呢。"母亲的话掷地有声,说得阳刚气十足。可母亲不知道,女儿是为她而哭泣。

母亲离开后的第二天,米娅忽然生病了,上吐下泻,监狱里的医生给她打了针,吃了药片。她躺在闷热得空气几乎凝固不动的小屋的木板床上,出了一身汗。她知道自己患的是痢疾,吃了药已经基本恢复正常状态,只是浑身还没有力气,她就借着生病偷几天懒。偷懒的这几天,米娅一直在做梦,梦有些是五彩缤纷的,有些是彩色的,有些是黑白的,有些是零乱的片段,有些是完整的故事。它们一律神秘莫测,仿佛诞生于飘满青紫色阴气的墓穴。

白天,女犯们都去劳动了,四周是那么安静。米娅在寂静中飞奔,看到自己身后小小的影子,听到自己剧烈的心跳和呼吸,忽然觉得有一种恐怖的东西在身后追击,无声无息却如同恶魔。米娅被自己的影子"追杀"得不知所措,她不断地呕吐,仿佛呕吐出了她的血、她的胆、她的心脏和肺腑。她知道自己是有罪恶的。她向麦琪和那些她故意给开错药的病人忏悔,以赎她卑微的灵魂所羁负的罪。

三

母亲和廖斌成为朋友后,经常聚在一起聊天,家里有个什么重活儿，母亲不再找隔壁老李，而是叫来廖斌帮忙。这让廖斌有些受宠若惊。在母亲眼里，廖斌虽然粗鲁一些，却是豪爽勤快的。母亲喜欢他这点，觉得他不像老李上海小男人气。母亲还喜欢廖斌积极的生活方式，他卖快餐卖得红红火火的，没有激情哪里能成功呢？

廖斌一来家里，老李就在门口偷窥。有时廖斌修完电视机什么的，会坐下来与母亲聊天，他们聊的都是从前的中国故事，如数家珍地娓娓道来。母亲对廖斌的好感与日俱增。

谈起陈姨，母亲大失所望，说："她现在躲着我呢！仿佛我这劳改犯的母亲会玷污她的清白。"廖斌说："女人也许就是这样小心眼儿，又胆小怕事吧！"母亲说："男人也一样，你看我那邻居老李还不是与陈姨一个样？"

其实这时老李正站在门口偷窥，听到母亲说他的不是，假装干咳几声，以表示自己的存在。可母亲送廖斌出来时，老李已经溜回家去了。母亲心里想，你就只会偷窥，别当我不知道，你这小男人。

母亲自从心里有了廖斌，一改从前的精神面貌，变得有力量起来。她盘算着女儿还有半年就可回家来，这让她看到了希望。那天，她约上廖斌一起去看女儿，监狱在郊区，廖斌开车拉母亲去。一路上，他们促膝谈心，一种黄昏恋的感觉让母亲备感温暖。

米娅看见母亲和卖快餐的廖斌伯伯一起来看她，甚是惊讶。不过她马上明白，只有廖斌伯伯才是母亲的避风港。母亲为了她独身大半辈子,确实应该有一个自己的归宿了。米娅高兴起来,但她什么也没有说。母亲从女儿的眼神中,知道了女儿并不反对她与廖斌在一起,心里踏实多了。

回家的路上,廖斌看见前方有一块霓虹灯招牌,知道那是一家旅店。廖斌问母亲要不要进去休息?母亲犹豫了一下,点点头,抬脚走了进去。柜台前坐着一个瘦骨伶仃的驼背老男人,美国到处都有退休老人仍然工作在第一线,年轻人却不知去哪里了?

驼背老男人扫了一眼这对老男女,然后在电脑上一通操作。登记完,他们顺着狭窄的过道上了二楼,楼梯有点溜,母亲走得小心翼翼。打开房门,房间很大很整洁,两张床上铺着雪白的床单和被子。母亲靠在床上,廖斌烧水泡了两杯茶,母亲享受着廖斌对她的照料,心里很是温暖。于是,当廖斌提出索性在这旅馆住一宿时,母亲没有反对。

吃过晚饭,在郊外浓郁阴沉的夜色中,灰黑色的屋檐仿佛乌云一样压在母亲的胸口上,令她喘不过气来。这地方有着隆隆的火车声,很容易把她的思绪带到远方。现在她正穿着旅馆的拖鞋,坐在窗前与廖斌聊天。丈夫去世二十多年来,她第一次感觉在与男人谈恋爱,这好像是不可想象的。母亲不知是时代不同了,还是自己的心年轻了,连她这老太婆也谈起了黄昏恋,并且两个人单独住在一起,有说不完的话。

仿佛少年夫妻老来伴,母亲和廖斌也没有什么亲热举动,两个人各自睡在单人床上。已是深夜,这郊外的小镇还是热闹非凡。小街上的汽车川流不息,对面游戏室里的赌博机噪声不断,不时有人推开玻璃钢门进进出出。母亲翻来覆去睡不着,而廖斌却鼾声如雷。

一大清早,母亲就起床了。廖斌起床时,母亲已从隔壁一家麦当劳买回来汉堡包、薯条和冰可乐,看来母亲还是闲不住,廖斌心里乐陶陶的。吃饱喝足后,他们准备打道回府,然而柜台前没有人,那个驼背老男人去哪里了呢?廖斌把钥匙牌放在他的工作台上,两个人便离开了旅馆。可是还没走到停车场,那驼背老男人就追上来说:"你们还没有付住宿费呢!"

母亲一阵惊讶,说:"你这是还想让我们再付一次?"驼背老男人说:"你们确实没有付钱。"廖斌说:"我们已经付了,你没给我发票。"这时母亲想起来了,廖斌确实没付钱。母亲对廖斌说:"付给他吧!"廖斌坚决不肯,他对驼背老男人说:"我们已经付了。"

母亲不好意思地向驼背老男人表示了歉意,并从手提包里掏出信用卡说:"结账。"廖斌傻傻地站在一旁,忽然也想起来自己确实没付,连忙说:"我付,我来付。"母亲说:"去去去,别假客气了。"

回到家里,母亲开门时,隔壁老李正好下楼去,他狐疑地望着母亲,终于忍不住问:"昨天夜里你去哪里了?"母亲说:"你别多管闲事,管好你老婆就是了。"老李吃了一记闷棍,摇摇头下楼去了。他是去医院看望妻子张岚。张岚前几天去舞厅跳舞,回来

165

后感到心脏不舒服被送进了医院。老李认为妻子没什么病,纯粹是瞎折腾。

母亲回家的第一件事就是打开窗子看看对面的曹鹏飞在不在家。尽管她知道即使看见了,他也会避开的,但她还是渴望看见他。母亲已经很久没看见他了,也不知道他与米娅的恋情进展如何。母亲不敢多想,也不敢问女儿,一切顺其自然吧!

其实,曹鹏飞已经回来了,与他一同回来的还有他的姐姐。那天,他带着姐姐一起去看米娅,让米娅大吃一惊,顿感自己的尊严消失殆尽,尽管她知道曹鹏飞并无恶意,可是面对他的姐姐仍感到无地自容。当然米娅并没有表露出来。

"快了,再坚持两个月就可以出狱了。"曹鹏飞欣喜地说。

"是啊,时间真快。"米娅微微一笑。

"出了狱,你跟我一起做生意吧!"

"如果能回医院,我还是想回去。"

曹鹏飞没再坚持,他姐姐在一旁插嘴说:"做医生好。"米娅朝她笑笑没说什么,但她能感觉到他姐姐眼神里的东西。曹鹏飞和他姐姐走后,米娅突然感到自己又一次走在了悬崖边上。说真的,她很爱曹鹏飞,可她知道自己配不上他,他们的距离从她犯罪的那一天起,就被拉得相当遥远。

已是秋天了。今年的秋天,在米娅的感觉里特别美,树叶尖上反射着阳光,郊外的鸽哨在云层中缓缓滑过。她望着天空,想起自己写的日记已有几大本了,里面记录着天气、心情,以及类似流水账的东西；还有几篇写曹鹏飞的日记。她知道她对曹鹏飞最炽烈的爱情全写在日记中了。这是她前所未有的一种表达方式，自然曹鹏飞是不知道的。

女囚犯依然必须每天劳动。米娅在出狱前，必须把她在服装缝纫流水线上装袖子的技术教给新来接替她装袖子的女囚犯。那个女囚犯才二十岁出头，因为贩毒被判有期徒刑十五年。米娅一遍一遍地教她，可她总是心不在焉。有几次，一转身就不见她的人了。没多久，这女囚犯和米娅说："我怀孕了，我要把孩子生下来。"米娅说："这怎么可以？孩子的爹是谁？"女囚犯说："不知道是谁！你想我要在这住十五年，出去都老了，不赶快生个孩子怎么行？起码在这里还能有饭吃，饿不死孩子。"米娅没想到这小小年纪的女囚犯，考虑得那么多，那么远。自己比她年纪大很多，却从未想过这些。

这女囚犯真是不可思议。

这天晚上米娅被失眠所困。她想起了自己的父亲。在她的印象里，父亲是一个高个子、大长腿、一脸络腮胡子的帅气男人。在母亲面前，他温柔起来像只大猫，暴躁起来一拳砸在菜板上，杯盘飞溅。父亲临终时，嘴里喊着："米娅、米娅……"父亲遗传给了她同样的性格，她在他从前的厌倦中厌倦，在他从前的疯狂中疯狂，就像一株无法逃脱的茅草，注定被疯狂和罪恶牵引着，在命运的河流中溺水而去。

第十章　目光相遇

一

冬天来临不久，就下起雪来了。华盛顿哥伦比亚特区有两年没下雪了，市民们被漫天的白雪吸引着，尤其是唐人街上的小孩子，兴奋地在小巷子里堆起了雪人。大雪纷飞过后，月亮出来了。月亮从东边斜斜地甩进爱华公寓楼，像旋转起来的裙摆一样飘摇不定。雪地上跳跃着无数银光，树木被月光拂动得生机勃勃，就像一群银蛇，在月光下飞舞。

母亲望着窗外，忍不住自言自语道："还有五天，米娅就出狱了。"母亲觉得该铺上电热毯，该给米娅翻新一床厚被子，这样空调不用开得很高，能省下点电费。厚被子在高高的壁橱里，母亲踩在两只摞起来的凳子上，才将厚被子抱下来。母亲选择了大红的龙凤缎子被面,无论怎么说,出狱回家都是一件喜事。母亲一针一线地缝着,突然一阵急促的敲门声,伴随着隔壁老李的呼喊声:"米娅妈……"母亲打开门劈头盖脸骂:"叫个魂啊?"老李说:"你去看看我们老张吧,她一下子脸色煞白,嘴唇发紫,上气不接下气。"母亲没等老李说完,三步两步来到张岚床边,凭着女儿曾经告诉过她的一些医学常识,说:"怕是心肌梗塞吧,快送医院。"

母亲帮老李扶着张岚上车,天寒地冻的天气,开车有些滑,母亲再三叮嘱:"路上注意安全。"回到家里,母亲继续做被子,但她的心,已随着老李和张岚去了医院。她想,老李总说张岚装病,现在真病了,他就束手无策了。嗨,这个上海小男人。

也许是因为天太冷了,母亲有几天没有去廖斌那里。她的理由足够充分,因为女儿要出狱回家了,她要准备一下。其实她是对廖斌有一点反感,上次廖斌想赖掉旅馆住宿费的事让她觉察到廖斌骨子里的贪图小利。母亲在胡思乱想中做好了一床被子,接下来,她开始打扫房间和擦窗子,她要把家里打扫得窗明几净,然后剪一个大红的"福"字倒贴在门上。做完这些,母亲还要去理发店烫发、染发,还要买一件黑呢大衣。去监狱接女儿回家时,她想穿得体面一些,看上去高雅端庄一些。

隔壁老李听见她回家的脚步声,从屋里钻出来说:"老张还没有脱离危险。"母亲说:"那你怎么不陪在她身边?"老李说:"女儿陪着呢!"母亲"噢"了一声,不知道再说些什么好。老李说:"你说得很对,老张是心肌梗塞,怕是没救了,都是我不好,没有照顾好她。"说着,老李呜呜地哭起来。母亲说:"你照顾她够多了,别伤心。"母亲把老李劝回了屋里,但她仍旧能听见老李呜呜的哭声。

第二天是个阳光明媚的日子。太阳暖暖地照在雪地上,屋檐滴滴答答地化着雪。母亲买回来了水果、蜜饯、蛋糕、巧克力,还买回来海鲜、冻鸡、腊鱼等。明天就是女儿出狱的日子,曹鹏飞专门来告诉她会开车和她一起去监狱接米娅。

母亲的心里乐开了花。

半夜里起了风,母亲起来把空调开高了一些,还是感到冷,她又起来再开高了一些。这时老李忽然来敲门,敲了又敲,决不罢休的样子。也许张岚她……母亲不敢再想下去,披衣起来开门道:"什么事这样急?"

老李说:"老张她走了。"

母亲说:"啊,真的,这么快?"稳了稳心神,她安慰老李道:"人死不能复生,你别太难过。"老李说:"不好意思,把你吵醒了。我们邻居几十年,我和你说说心里就会好受一些。"母亲说:"这么晚了,你还是睡觉去吧!"母亲说着把门"嘭"一声关上了。母亲重新躺到床上,不免觉得好笑,这老李把我当成什么了?想想米娅入狱这两年,他躲我远远的,现在自己家里有事了,却厚着脸皮来烦我,亏他做得出!

一觉醒来,天还没亮,母亲就起床了。她梳洗打扮后,看了一下钟表,发现离曹鹏飞来接她的时间还有两个多小时,而家里已经一切准备妥当。于是她便想出门去吃早点,顺便活动活动筋骨。

走出爱华公寓楼,拐个弯,一条小巷子里有不少中国人开的小店铺。吃的、用的、穿的什么都有,母亲想吃牛肉面,便一家家找过去。有不少店铺还关着门,母亲拿不准牛肉面店在西头还是东头?

有一家店铺开着门,阁楼上探出一个蓬松的少妇脑袋,一副还在梦乡里的样子。一个皮肤黝黑的华人青年提着一桶水走出来。他身上的衣服油腻腻的,一双手看上去也是脏兮兮的,但脸上却是一副泰然自若、听天由命的神情。

母亲一边找卖牛肉面的店铺,一边挥动双臂活动筋骨。路边的玉兰树上挂着不少鸟笼,叽叽喳喳的声音清脆响亮。快走到西头了,这里一连开着三家时尚的理发店,它们基本要上午九十点钟才开门。母亲知道理发店里那些漂亮的洗头工,说不定会在暗地里拉客。母亲为自己知道这些事情而心里暗笑。毕竟她还不算太落伍,年轻人知道的事情她知道的也不算少!母亲想到这里笑了起来,猛一抬头正好看见了那家牛肉面店。

"来一碗牛肉面,四只煎饺。"母亲对服务员小姐说。

"好的。"服务员一边答应,一边往里走。

一会儿,牛肉面就上来了。母亲有点饿了,很快就吃完了。回家时下起了毛毛雨,把她的紫色毛衣都淋湿了。走到爱华公寓楼门口时,她看见曹鹏飞的车已经停在那里了。母亲与曹鹏飞打了个招呼,然后说:"我去换一下衣服,马上来。"

母亲快速地回到家里,换掉淋湿的紫色毛衣,套上黑呢大衣,拿上一只黑色皮包就急匆匆下来了。曹鹏飞打量了一下她,觉得她染黑的卷发很好看,微笑着说:"上车吧!"

母亲上了车,很自然地坐在了后排。坐在后排可以避免与曹鹏飞多说话,其实母亲是很想与他说话的,只是怕说错话。母亲坐在车上沉默着又觉得有些尴尬,便说:"你真是个好人,我们米娅全靠你帮忙了。"话一说出口,母亲便觉得自己俗不可耐,赶紧闭上了嘴巴。曹鹏飞并没有觉得母亲世俗,只是他不想顺着这个话题说下去,就放了一盘越剧《红楼梦》。他猜上了年纪的女人可能会喜欢听越剧。

曹鹏飞的车子到监狱时,米娅已洗过澡,把自己收拾得整整齐齐地站在门口等候了。她脱掉了囚服,与母亲不约而同地穿着黑呢大衣。见到母亲和曹鹏飞,她欣喜地笑了,仿佛笼中的小鸟从此自由了。

母亲仔细地打量着女儿,怎么也看不够。母女俩一番亲热之后,曹鹏飞载着母亲和出狱的米娅回家去了。

两年没回家的米娅,看到家里一切都觉得新鲜。母亲换上了漂亮的墨绿色窗帘,小方桌的玻璃板下铺着雪白的网眼花织台布,而她的写字台上整整齐齐地放着几本医学书籍,那是被拘留前一天,她在翻读的书。冰箱上有一只蘑菇形的奶白色大花瓶,一大束红玫瑰蓬勃而热烈地盛开着。

母亲回到家,脱掉大衣就钻进了厨房。她要留曹鹏飞吃饭,而且也不想夹在他们中间充当电灯泡。母亲见曹鹏飞对女儿那么好,就觉得是前世修来的福分。男大当婚、女大当嫁,何况女儿都三十多岁了,再不嫁更待何时?母亲巴不得他们马上结婚,只有女儿结婚才能了却她心头的一桩大事。

然而,米娅与母亲的想法截然不同,一股茫然不知所措的情绪裹挟着她。她非常爱曹鹏飞,也非常敬重他,欣赏他的人格魅力,可她自己的前程在哪里呢?她总不能以一个劳改释放犯的身份嫁给他吧,这对他不公平。

母亲做的菜肴相当丰盛,满满地摆了一桌子,味道也相当不错。曹鹏飞吃着母亲做的上海菜,一直在说:"好吃好吃。"酒足饭饱后,曹鹏飞和米娅并排坐在沙发上,手握手沉默着,钟表在墙上发出有节奏的响声,沙发温暖而富有弹性。

手握手坐在沙发上默默无言,这场景真像一对历尽沧桑的老夫妻。两个人互相看着对方,像一面镜子对着另一面镜子。一个多小时后,曹鹏飞请米娅去肯尼迪艺术中心听音乐会。这更让米娅感受到曹鹏飞的细致周到,她觉得,两年多来,曹鹏飞对她的这份情义是她一生也偿还不了的。

米娅轻轻地依偎着他。他想和她接吻,她却闪开了。他对她的冷淡反应感到失望,但他突然相当粗暴地一把搂住了她道:"我爱你!你身上有种与众不同的东西,那是血液中的贵族气息。在我眼里,你的冷淡也是美。"曹鹏飞说完用力亲吻着她。这时母亲正好洗完碗出来,一见这场景慌忙地转身出去了。

二

很久没来肯尼迪艺术中心音乐厅了,米娅觉得音乐厅还是原来的那个样子,只不过大理石的地面,浅色的地方泛出了黄色,两边的小壁灯幽幽地散发着微光,有一种文质彬彬的感觉。来听音乐会的男女衣着整洁,从身边经过时,还会有一股香气扑鼻而来。

曹鹏飞和米娅坐在第八排。他们看上去是无可挑剔的一对,干净、体面、漂亮。他们坐下来,安静地注视着舞台。演出开始了,穿黑衣服的乐团出场了,音乐厅内顿时安静下来,维瓦尔第、马勒等古典主义大师的作品,从乐器中流淌出来。演出结束后,音乐厅内立即响起热烈的掌声和尖叫声,接着灯光亮起,人们纷纷起身离开。

走出肯尼迪艺术中心,他们又来到上次来过的那家烛光幽暗的咖啡馆,依然坐在上次的座位上,而米娅的心境已今非昔比。米娅很想与曹鹏飞倾诉内心的想法,可是不知道该如何开口,开口了他又能否理解呢?

咖啡馆客人不多,吧台上方的天花板倒垂着绿色的藤蔓,以及一只只闪着莹光的酒杯。老板殷勤地为他们换上一首轻音乐,在低低的旋律中倒是非常适合说心事。米娅觉得不能错过了这样的好机会,必须拿出勇气快刀斩乱麻。尽管她是那么舍不得,但为了曹鹏飞的幸福必须这样做。

米娅在幽暗的烛光中,调整了一下自己的情绪,她喝着咖啡,放松自己绷紧的神经。渐渐地,话题多了起来,而她的声音就像岛屿一样慢慢浮出潮汐。她向曹鹏飞讲述着自己过去与大卫和史蒂夫的恋情:"我读医学院时,已经不是处女了,命运多舛,这两个男人一死一逃,留下我孤零零在这个世界上,然后我又遇上了你,接着又犯了罪。"米娅徐徐道来,曹鹏飞认真地倾听着,始终用痴迷的眼神盯着她的脸。

咖啡馆里进来了几个人,一阵喧哗声后又恢复了宁静。米娅接着倾诉道:"我父亲早亡,我从小就在一个不完整的家庭环境中成长,母亲要求我成为一个完美的人,可是我天生性格叛逆,注定无法承载道义和人品上的完美。有段时间我很自闭,后来我明白世界上是没有什么能够完美的,也没什么美满可言。我没有幸福,也不习惯幸福,在我的记忆深处,我总是在路上追寻、逃亡和赎罪。我知道自己的性格,我不能保证日后不会做出出格的事,而这样的我是没有资格成为你的妻子的,请你原谅我的选择。"

米娅说完后,仿佛把搁在心里多日的石头搬走了,她知道这会伤害她,也会伤害曹鹏飞,然而这是没有办法的事情。曹鹏飞沉默许久。虽然他的姐姐并不赞成他娶米娅,可终究恋爱的事情是他自己的事情。他有些后悔把姐姐带去监狱看米娅。他忽然感到这两个女人已在无言间达成了某种一致。半晌,曹鹏飞叹了一口气道:"我很爱你,但是我尊重你的选择。"说完便起身扬长而去。

米娅目送着曹鹏飞的背影,眼泪簌簌地流下来。她没想到曹鹏飞会马上离开她,一下子如同坠入深谷,心里空荡荡的。眼泪模糊了她的视线,她的头沉重地低垂着,仿佛一个实实在在的噩梦,把她彻底埋葬了。一瞬间,死的念头漫了上来。死亡是一个多么庄严而诡异的词。

"小姐,结账吧!我们要打烊了。"服务员小姐说。

"怎么这样早?"米娅问。

"我们十二点打烊,你已经坐很久了。"

米娅这才发现自己已经坐了六七个小时,付过钱,米娅走出咖啡馆大门,发现深夜的华盛顿哥伦比亚特区的霓虹灯比从前多了一些,满街都是高楼大厦,隐在街道里的小巷子似乎不多了,许多她曾经熟悉的地方,在两年间化为乌有。米娅在街口手一挥,拦停了一辆"的士"。

十五分钟后,米娅回到了从前被她视为墓地一样的家。母亲还没有睡,正在灯下缝补一条裤子的裤脚边,见女儿回来了,满心欢喜地说:"饿吧?给你做一碗鸡蛋羹怎么样?"米娅说了句"不用",便自顾自地洗澡去了,然后躺倒在厚厚的被窝里,还没等母亲躺下,就呼呼地睡着了。

第二天米娅睡了一个懒觉,起床已是上午十点多了。若不是母亲和隔壁李伯伯在叽叽咕咕说话,还有楼下一片乱哄哄的声音,她还会继续睡下去,仿佛要把监狱里没睡够的觉全部弥补上。她穿好衣服起来,习惯性地探出头去朝对面窗子和楼下张望,发现楼下用帆布支起了一个灵棚,对面墙角下摆着几个花圈,公寓楼里谁死了?米娅走出门去,邻居们看见她回来了也不问什么,只说张岚好好的,怎么突然就走了呢?

"张岚死了?"米娅自言自语地说。

"心肌梗塞。"母亲说。

老李看见米娅回来了,说:"回来了?"

米娅说:"回来了。"

老李家来了许多陌生人,那是他女儿找来帮助处理丧事的朋友。人多热闹,仿佛丧事也就办得体面了。但米娅没听见有哭声,那些人坐在天井里打扑克牌、搓麻将,笑声一浪一浪地传上楼来,直到晚上吃过豆腐饭,方才陆续散去。

"张岚死了。"米娅又一次自言自语。这一天,就在这场丧事中过去了。面对一个骤然消失的生命,如梦一样虚幻的感觉侵袭着她。她不知道自己接下来该做什么?她定了定神,觉得自己最想做的就是去肿瘤医院找领导要求回去上班。只是万一不行怎么办呢?米娅惶惶不安又忧心忡忡。一个劳改释放犯,如果原单位不要她,再要找适合自己的工作就难了。米娅又想起,她已经失去了曹鹏飞,现在她什么朋友也没有了,她把自己逼到了绝路上。她躲在被窝里哭起来。

177

米娅迟迟不敢去肿瘤医院,她内心胆怯,觉得没脸见人,便一天天拖着。母亲催她几次了,还问她曹鹏飞怎么不见来家里了?米娅总是能瞒则瞒,她不想让母亲太失望,拖延时间便是她认为最好的办法。

其实自从曹鹏飞在咖啡馆扬长而去后,米娅每天都望着对面窗子发呆,有时静谧无声的夜空划过一道闪电,像上帝无比冷漠的眼光,这种眼光能把她打得落花流水,片甲不留。然而,她一次也没有在对面窗子里看到曹鹏飞,那紧闭的窗子里似乎已不再有人居住了。米娅想,曹鹏飞是否已搬走了呢?

又是一个中国农历新年即将到来了,米娅终于鼓足勇气来到肿瘤医院,找到了人事处的印度裔负责人,并且说明了来意。然而印度裔负责人却说:"你被判刑的那一天起,就不再是属于我们医院的医生了。现在你要回来,就等于重新进一个人,这需要编制名额,是一件比较麻烦的事。"米娅说:"那你给我想想办法吧。"印度裔负责人说:"这不由我说了算,这都是院领导规定的,我没有能力帮助一个劳改释放犯解决工作问题。"印度裔负责人说着,拿起一大沓材料,"嘭"的一声关上门,出门去了,仿佛是一道逐客令。

米娅心灰意冷,她没有去六病区,也不想见到那些早已将她遗忘的医生和护士,更不想见到杰夫和麦琪。她落寞地从医院行政楼出来,穿过门诊大楼时听见有人喊她,她没看清是谁,茫然地停了下来。这时,一个身影朝她走来,是唐医生。米娅忽然转身就走,唐医生很快追上了她,问:"你出狱了?可以回医院来吗?"米娅不耐烦地说:"回你个头啊,谁还要我这个劳改犯释放?"

"我要你。"唐医生说。

"你要我什么?你能有权力让我回医院吗?"

唐医生不吭声了,但一会儿他接着说:"我相信总有一天,你会觉得我是天底下最适合你的好男人。"

米娅听到这话呆住了,但她还是转身说:"我不要你来怜悯我,我不需要你的怜悯。"她说着,就像逃一样地跑出了肿瘤医院。

三

中国农历新年期间,唐人街上的中国人几乎都沉浸在新年的气氛中。米娅觉得与曹鹏飞分手的事,再也瞒不下去了,就与母亲交了底,没想到母亲怒气冲冲地说:"你真是一个扫把星,你为什么好事情到头来都抓不住呢?没有人会像曹鹏飞那样对你好了,你当你是谁?你是一个劳改释放犯呀!"母亲的骂声像刀子一样,一刀刀切割着米娅原已破碎的心。米娅反击道:"你别刺激我,要不我就死给你看。"母亲这才不吭声了。

老李自从妻子张岚死了,整个人蔫蔫的,一直无法从悲伤中走出来,连从前偷窥的心情也没有了。卖快餐的廖斌三天两头来家里,母亲说他几句,他也不气不恼,最后恼火的倒是母亲自己。

那天米娅不在家,母亲对廖斌说:"凭什么你来我家里指使这指使那的,这家到底是你的还是我的?你别老想来贪图我的便宜,告诉你吧,你欠我的钱我都记在本子上了。"

廖斌说:"我欠你什么钱了?你欠我的快餐钱还差不多。"母亲说:"你去看看本子吧,都记在阎王账上呢?别当我糊涂,我脑子清醒得很。你赖旅馆里那个驼背老男人容易,想赖我可没门儿。"廖斌说:"我赖驼背男人什么了?"母亲说:"你没有交住宿费。"廖斌说:"怎么有你这样的老太婆,陈年挖狗屁,十三点,说发火就发火,说翻脸就翻脸!"母亲说:"我不想理你了,你回去吧!"廖斌说:"看在过年的份儿上,老子也不想和你吵,你当你是什么?"然后便气呼呼地走了。

廖斌一走,老李就进屋来了。他对母亲说:"这男人太粗鲁,怎么可以这样欺负一个女人呢?你别生气,好歹我们邻居几十年,你有什么事我会帮你的。"母亲朝老李看看,"哦"了一声,但心里想,你也是本性难移啊!你们两个老男人半斤八两。这时正巧米娅回来了,老李便像做贼似的溜回自己屋去了。

米娅对母亲说:"我刚才去爱玛家,她告诉我可以自己开个私人诊所,手续并不难办,这倒是个好办法。但是诊所需要沿街的房子,没有沿街的,起码也得是沿着小巷子口的。"

母亲说:"这样的事若是曹鹏飞在,他帮你肯定一点问题没有。"

米娅说:"你怎么老是贪图别人帮忙,难道我们自己就办不到?"

母亲说:"你以为那么容易,租房要钱,街面房可贵了。"

米娅说:"好了好了,和你说了等于白说。"说着她又转身出门去了。母亲在后面喊:"你还去哪里?"

开私人诊所对米娅来说实在太有吸引力了,她必须朝着这个方向去努力,但先得厘清头绪。于是她来到肿瘤医院找唐罗医生商量。她知道唐罗医生通常是用加班来打发冗长的假期。果然不出所料,一进医院她就看见门诊针灸科开着门,里面只有两个病人趴在床上,脊背上插着一根根银针。唐医生正捧着书不时地看看他的病人。米娅站在门口没有作声,他转过身时看见了她,欣喜得语无伦次地说:"怎么是你?"

"为什么不能是我?"米娅说。

"噢噢噢,我多么希望是你!"唐医生说。

"我有事找你商量。"米娅说。

"找我商量?"唐医生有些受宠若惊。

两位病人做完针灸治疗后,唐医生对米娅说:"节假日不看病,这两位是我自己约他们来的。"米娅道:"应该给你评年度优秀医生。"唐医生说:"我一不会拍马,二不会送礼,三不会随波逐流,好事哪能轮上我,不倒霉就算万幸了。"接着他又说:"你有什么事需要我帮忙,我一定尽力而为。"

"我想办私人诊所,想请教你如何办申请手续。"米娅用期待的目光望着他。

"这个嘛,我虽然没有办过,但我的朋友办过,我可以给你打听,明天就给你答复。"唐医生爽快地说着,米娅目光里流露出感激的神情。

其实,在美国,私人诊所多如牛毛。问题是米娅自己的私人诊所开在哪里?街面房贵得吓人,租一间小巷子里的公寓楼单间房就比较便宜了。米娅突然想到了自家对面的那间屋子。曹鹏飞搬走后,似乎还没有人搬进来,不如找房东先把房租下来。她知道那房东是一位白人老太太,就住在出租房的一楼,这屋子与米娅家隔着一个天井,都属于爱华公寓楼。

米娅找到了房东老太太,把租房的意思说明白后,老太太说:"这个房间我出租了那么多年,还不曾做过营业房,不过你开诊所,这让我看病方便。房租嘛,念在我们是老邻居的面上,两千五怎么样?"

米娅并不知道大卫、史蒂夫、曹鹏飞租住时的房租,不过物价年年涨,房租也年年在涨,她还曾经打听到租一小间街面营业房起码得好几千,这个价钱就算不错了,不过米娅还是还价道:"两千吧,我们是老邻居,日后我给你看病少收费!"老太太想了想说:"好吧,反正我也不缺那几个钱。"

房子租好了,米娅仿佛心里有了底。她回家把自己的银行存款取出一部分,先付了半年房租。几天后,她请来木工把房间一分为二,里面做病人检查室,外面看门诊,还做了一块很大的广告牌——米娅诊所,挂在窗外,晚上霓虹灯闪烁着,整条小巷子仿佛都生辉了。母亲看到这些打心眼儿里高兴，她奔走相告："我女儿开诊所啦，你们有什么病痛找我女儿去。"然而母亲一转身，那些老邻居便说："哼，你女儿在医院时开错药，还想让她来把我们治死吗？"

　　唐医生果然没有食言，不仅帮米娅打听来申请办理私人诊所的整个程序，还帮着跑腿，一切手续非常顺利地办了下来。三月八日妇女节那天，米娅的私人诊所正式开张营业。虽然病人暂时来的不多，但她相信会多起来的。她坐在私人诊所里，想着从前大卫、史蒂夫和曹鹏飞住在这里时，望着对面窗子的自己该是什么心情呢，而现在她自己坐在这里望着对面窗子的家，突然感到是那么的遥远而陌生。仿佛她从没在对面窗户里的那个家里生活过似的，这令她感慨万千。她经过漫长的岁月，回到了她的恋人们曾经生活的地方，尽管心里多了许多条伤痕，并且被罪恶和耻辱压得喘不过气来，然而这就是生活。

　　转眼又是一个秋天来临了，悬铃木的叶子露出黄灿灿的色泽。小巷子还是从前的小巷子，所不同的是，许多矮房子都被"拆"掉了。母亲茫然地望着那些被夷为平地的地方，发愁地对隔壁老李说："房子拆了，小巷子没有了，唐人街上中国人越来越少了，这唐人街还算唐人街吗？"

　　老李说："这是大势所趋嘛，黄金地段，哪里能让你守着残破的屋子不放？"母亲说："这是唐人街，中国人的街。"老李说："社会发展得快哩，唐人街上的中国传统牌坊就是最美丽的地标。"

母亲朝老李看看,心里不服气地说:"就你道理多。"米娅已不再理会母亲和老李时不常的拌嘴。自从曹鹏飞离她而去,她内心没有一天不思念他。

她想,谁让自己是个罪人呢?

深秋的夜晚,当凛冽而洁净的寒流来临时,米娅总能在睡梦中看见黑暗中妖怪欢笑的脸,妖怪张着血盆大口,用雪白尖利的牙齿狞厉地对着她,让她发出一声尖叫,随后她又听见自己在梦中呜呜的哭泣声。然而天亮以后,一切依旧,她该做什么还是做什么。有时在诊所,她还免费给贫困的人看病配药,以赎自己罪恶的灵魂。

那天,米娅看完最后一个病人离开诊所时,沿着即将被拆的小巷子慢慢地走着。这是她走了多少年的小巷子,所有的往事就像茂盛的枝条,毫无节制地迅速攀缘着她的心。她想起了东头巷口从前有一家叫黄玫瑰的理发店,母亲常到那里烫头发,一根根电烫头发的铁夹子,从高高的黄色天花板上吊下来,说一口温州话的秃头理发师,把铁夹子夹在母亲浓密的头发上。后来这个理发店变成了一家烟纸店,再后来变成了一家服装店,现在这里的房子已被拆掉了。

米娅慢慢地走着,夜晚冷凛彻骨的天气里已经没有了秋天的芬芳。月光下,她想,一个人为什么要经过那么多年,经历那么多事情,在挫折、疼痛以后,才会明白自己是什么人?自己在这人生中该寻找什么样的生活?或者说,自己该实现什么样的人生价值？

米娅这么想着,忽然有钢琴声叮叮咚咚地传来,那是初学钢琴的孩子弹奏的《哈农练习曲》。米娅停下来听了一会儿,继续往前走。不知不觉,她在唐人街上穿来穿去已走了很久,忽然她发现自己来到了一座教堂的正门前。

夜晚的教堂依然开着门,有不少信徒在做祷告。虽然教堂的门有些破旧不堪,却依然掩不住它的神圣和庄严。米娅走进去,像信徒那样跪下来很虔诚地祷告着,祷告完毕,她缓缓地抬起头来,有一道目光正与她的目光相遇,她轻轻地喊:"鹏飞……"

尾　声

　　前些年,母亲住了几十年的唐人街爱华公寓楼要被拆除,隔壁老李家、楼上陈姨已先后搬了出去。米娅的私人诊所也从爱华公寓楼搬到了市中心的第 37 街上,诊所面积扩大了许多,从前台到助理一共有十来名工作人员,许多病人慕名而来。母亲已不再着急女儿的终身大事,仿佛大彻大悟了。

　　母亲舍不得搬,一个人住在爱华公寓楼。她觉得这是中国人的地盘,住在唐人街就像住在上海一样,如果她搬出去了,就会有一种失去故乡的感觉。她懊恼地给市政府有关部门写信,表达了不希望把爱华公寓楼拆除的愿望。然而,还没有收到回信,一场全球性的新冠病毒大流行,先是纽约,后是华盛顿哥伦比亚特区,都拉响了红色警报。

　　接下来就是大家停工、停课、重返家园。米娅却停不下来,她是奔赴纽约抗疫第一线最早的志愿者。医院里,一个烫着卷发、抹着口红、戴着耳环、穿着点点小花衣衫的老太太是她第一位患新冠病毒肺炎的病人。母亲也闲不住,她非常积极地参与到社区组织的救援工作中,募集资金和物资,并分发给需要帮助的人。

转眼三年疫情过去了,母亲庆幸自己还活着,并且没有感染过新冠病毒,更让她庆幸的是,不知什么原因,政府已决定不再拆除爱华公寓楼了。留住爱华公寓楼,就是留住了母亲心里故乡的归属感,母亲高兴极了,她在家里开 party(派对),请了陈姨、老李、廖斌、爱玛,还把曹鹏飞也请来了。母亲想,米娅和曹鹏飞做不成夫妻,做宛如亲人般的朋友不是也很好吗?

然而,米娅没有回家参加母亲组织的 party。她坐在傍晚的诊所里,一阵风从窗外吹进来,米娅看到,太阳正在慢慢下沉,波多马克河波光粼粼的河面上闪烁着耀眼的金光,天空中飘逸着自由的云朵。她思绪万千,往事潮水般涌来,大卫、史蒂夫、曹鹏飞、唐医生、杰夫、麦琪、爱玛……在她眼前忽隐忽现。过去所有的恩冤都已随风而逝,所有的墙壁都是路,生死都在路上。谁能知道未来的世界会怎么样呢?!

后记：他乡中的故乡

二十世纪九十年代中期，我到美国加州大学伯克利分校做访问学者时，去过好几次旧金山唐人街。它就像植入我体内的一颗种子，经过二十多年才有了萌芽的温床，从而形成胚胎发育长大，诞生了这部长篇小说《唐人街上的女人们》。虽然我写的不是旧金山唐人街，但作为华人栖身的重要族裔社区，无论在哪个城市的唐人街都承载着华人群体的历史、记忆和文化传统，并且与原乡文化有着千丝万缕的血缘联系。

早些年，我看过罗曼·波兰斯基执导的《唐人街》。影片故事与唐人街没有直接关系，但唐人街被打造成无法律、无道德的空间。我也看到一些美国白人作家笔下，对唐人街的描写充斥着妓女、赌徒、窃贼、嫖客和鸦片鬼。这些将唐人街存在的现实问题，归咎于华人自身的弊端与陋习，把唐人街标记为藏污纳垢的贫民窟的描写，使生活在唐人街的华人移民，备受美国白人主流社会的歧视和不公正待遇。

在这样的背景下，华裔作家们毫不犹豫地拿起笔来。最早可追溯到林语堂一九四八年出版的《唐人街》，以及汤婷婷的《女勇士》和《中国佬》。若干年后，书写唐人街就成了一个热门话题。当然，无论有多少作家描写唐人街，都暗含着一些不可或缺的重要线索。这些线索会图谱式地勾勒华裔美国文学史的发展与变化的全景风貌。立足唐人街，关注社会底层声音，特别是女人的命运，就是我写《唐人街上的女人们》的最初想法。

我的这部长篇小说，写了一对母女的俗世生活、人生理想和精神追求。二十世纪八十年代，母亲米鲁来美国留学，是第一代住在唐人街的华人移民。她恪守中国传统文化，努力在中国传统文化中寻找身份认同与情感支撑，坚持在唐人街维系原有的家庭结构和社会组织方式。然而她的女儿米娅（本书主人公）从小在美国长大，并接受美国教育，虽然在母亲的权威下，在家里说上海话和普通话，过着上海人的生活，也和母亲一样把异国他乡中的唐人街视为故乡，但她只是"身在曹营心在汉"，最终还是离开了唐人街，不愿意再回去。

米娅的人生跌宕起伏。

美貌的她是医学院学生，后来成为肿瘤医院的外科医生，有追求又有能力，看似一帆风顺的她，内心却有着不可言说的凄苦。失败的初恋及在与同事的竞争中落于下风都给她不小的打击。她的两任男友先后居住在她家对面窗户里的同一间小木屋。当她第三次又恋上了对面窗户里的男人时,却因一时糊涂犯罪锒铛入狱。经过人生起落后的米娅,重新审视自我,在对面窗户里那间既爱又恨的小木屋中开办了私人诊所。接下来,新冠疫情全球性流行……

自从长篇历史小说《辛亥风云》(2011年)出版后,我的小说创作停顿了十年。二〇二〇年夏,疫情宅家时,我恢复了写作,是以中短篇小说为主,在短短三年多的时间里,我写作和发表了四十一部中短篇小说,选取了其中的三十六篇编成两本小说集。一本《极光号列车》,纯粹在场写作,揭示移民社会中人们心灵深处最深刻的孤独;另一本《阿里的天空》,用回望式的崭新视角,书写母国和故乡的故事。

编完两本小说集后,从前植入体内的唐人街种子,忽然在我心里蠢蠢欲动,我便多次去了我所居住的城市——华盛顿特区的唐人街。那里的一栋公寓楼里住着我的朋友,通过她,我认识了不少住在唐人街的华人移民,他们大多数是上海人。好多次我走在唐人街上,望着色彩缤纷的友谊牌坊和牌坊中的二百七十二条彩绘龙,以及人行道上的生肖符号,都有一种他乡似故乡的感觉。

如今的唐人街早已不是从前的贫民窟,住在唐人街里的华人和华裔,就像我小说里的主人公米娅和她的母亲一样,都是知识阶层,不仅英语流利,母语更是毫不逊色。她们拥有双重身份,如果说英语是谋生的手段,那么中文就是骨子里的情感归属。

完成初稿时,我们家小朋友参加的几个国际钢琴比赛,都得了一等奖和金奖,这让我看到了新一代的华裔正在崛起。毫无疑问,只要你足够优秀,总会在舞台上占有一席位置,华裔美国人根本不会因为是"外国人",英语不是他们的母语,而他们又出生在美国,汉语也不是他们母语而面临尴尬局面。

此时,我坐在书桌前,听着窗外树林中的鸟鸣,终于将它定稿了。尽管如此,我知道《唐人街上的女人们》肯定会有遗憾之处。好在小说本身就是一种遗憾的、不完美的,或者说是残缺的艺术,我的自信也许正是我下次再出发的动力。

2023 年 11 月 11 日于华盛顿特区